MAIGRET ET LE MARCHAND DE VIN

OUVRAGES DE GEORGES SIMENON

AUX PRESSES DE LA CITÉ

COLLECTION MAIGRET

Mon ami Maigret
Maigret chez le coroner
Maigret et la vieille dame
L'amie de Mme Maigret
Maigret et les petits cochons sans queue
Un Noël de Maigret
Maigret au « Picratt's »
Maigret en meublé
Maigret, Lognon et les gangsters
Le revolver de Maigret
Maigret et l'homme du banc
Maigret a peur
Maigret se trompe
Maigret à l'école
Maigret et la jeune morte
Maigret chez le ministre
Maigret et le corps sans tête
Maigret tend un piège
Un échec de Maigret
Maigret s'amuse
Maigret à New York
La pipe de Maigret et Maigret se fâche
Maigret et l'inspecteur Malgracieux
Maigret et son mort
Les vacances de Maigret
Les Mémoires de Maigret
Maigret et la Grande Perche
La première enquête de Maigret
Maigret voyage
Les scrupules de Maigret
Maigret et les témoins récalcitrants
Maigret aux Assises
Une confidence de Maigret
Maigret et les vieillards
Maigret et le voleur paresseux
Maigret et les braves gens
Maigret et le client du samedi
Maigret et le clochard
La colère de Maigret
Maigret et le fantôme
Maigret se défend
La patience de Maigret
Maigret et l'affaire Nahour
Le voleur de Maigret
Maigret à Vichy
Maigret hésite
L'ami d'enfance de Maigret
Maigret et le tueur
Maigret et le marchand de vin
La folle de Maigret
Maigret et l'homme tout seul
Maigret et l'indicateur
Maigret et Monsieur Charles
Les enquêtes du commissaire Maigret (2 volumes)

LES INTROUVABLES

La fiancée du diable
Chair de beauté
L'inconnue
L'amant sans nom
Dolorosa
Marie Mystère
Le roi du Pacifique
L'île des maudits
Nez d'argent
Les pirates du Texas
La panthère borgne
Le nain des cataractes

ROMANS

Je me souviens
Trois chambres à Manhattan
Au bout du rouleau
Lettre à mon juge
Pedigree
La neige était sale
Le fond de la bouteille
Le destin des Malou
Les fantômes du chapelier
La jument perdue
Les quatre jours du pauvre homme
Un nouveau dans la ville
L'enterrement de Monsieur Bouvet
Les volets verts
Tante Jeanne
Le temps d'Anaïs
Une vie comme neuve
Marie qui louche
La mort de Belle
La fenêtre des Rouet
Le petit homme d'Arkhangelsk
La fuite de Monsieur Monde
Le passager clandestin
Les frères Rio
Antoine et Julie
L'escalier de fer
Feux rouges
Crime impuni
L'horloger d'Everton
Le grand Bob
Les témoins
La boule noire
Les complices
En cas de malheur
Le fils
Le nègre
Strip-tease
Le président
Dimanche
La vieille
Le passage de la ligne
Le veuf
L'ours en peluche
Betty
Le train
La porte
Les autres
Les anneaux de Bicêtre
La rue aux trois poussins
La chambre bleue
L'homme au petit chien
Le petit saint
Le train de Venise
Le confessionnal
La mort d'Auguste
Le chat
Le déménagement
La main
La prison
Il y a encore des noisetiers
Novembre
Quand j'étais vieux
Le riche homme
La disparition d'Odile
La cage de verre
Les innocents

SÉRIE POURPRE

Le voyageur de la Toussaint
La maison du canal
La Marie du port

GEORGES SIMENON

MAIGRET ET LE MARCHAND DE VIN

roman

PRESSES DE LA CITÉ

ISBN 2-258-00176-5

CHAPITRE PREMIER

— TU L'AS TUEE POUR la voler, n'est-ce pas ?

— Je ne voulais pas la tuer. La preuve, c'est que je n'avais qu'un revolver d'enfant.

— Tu savais qu'elle avait beaucoup d'argent ?

— Je ne savais pas combien. Elle avait travaillé toute sa vie et, à quatre-vingt-deux ou quatre-vingt-trois ans, elle devait avoir des économies.

— Combien de fois es-tu allé lui demander de l'argent ?

— Je ne sais pas. Plusieurs fois. Quand je venais la voir, elle savait pourquoi j'étais là. C'était ma grand-mère et elle me donnait automatiquement cinq francs. Vous vous rendez compte ? Quand on est chômeur, qu'est-ce qu'on peut faire avec cinq francs ?

Maigret était grave et lourd, un peu triste. C'était l'affaire banale, le crime sordide comme il s'en produit à peu près chaque semaine, le garçon de moins de vingt ans qui s'attaque à une vieille femme seule pour la dépouiller. La différence, avec

Théo Stiernet, c'est qu'il s'en était pris à sa grand-mère.

Il était beaucoup plus calme qu'on aurait pu le croire et il répondait de son mieux aux questions. C'était un garçon assez gras et mou, le visage rond, sans presque de menton, les yeux protubérants et les lèvres épaisses, si rouges qu'à première vue il paraissait maquillé.

— Cinq francs, comme à un gosse qui vient chercher son dimanche !

— Son mari est mort ?

— Il y a près de quarante ans. Elle a tenu longtemps une petite mercerie place Saint-Paul. Il n'y a que deux ans qu'elle a eu de la peine à marcher et elle a dû cesser son commerce.

— Ton père ?

— Il est à Bicêtre, chez les dingues.

— Tu as encore ta mère ?

— Voilà longtemps que je ne vis plus avec elle. Elle est toujours saoule.

— Tu as des frères, des sœurs ?

— J'ai une sœur. Elle a quitté la maison à quinze ans et on ne sait pas ce qu'elle est devenue.

Il parlait sans émotion.

— Comment savais-tu que ta grand-mère gardait son argent chez elle ?

— Elle se méfiait des banques et même de la caisse d'épargne.

Il était neuf heures du soir. Le crime avait été commis la veille vers la même heure. Il avait eu lieu dans la vieille maison de la rue du Roi-de-Sicile où Joséphine Ménard occupait deux pièces au troisième étage. Une locataire du quatrième avait rencontré Stiernet dans l'escalier alors qu'il quittait le logement. Elle le connaissait bien. Ils s'étaient dit bonsoir.

Vers neuf heures et demie, une autre voisine, Mme Palloc, qui habitait de l'autre côté du palier, avait voulu passer un moment, comme cela lui arrivait souvent, avec la vieille femme.

Elle avait frappé sans obtenir de réponse. La porte n'était pas fermée à clef et elle avait tourné le bouton. Joséphine Ménard était morte, recroquevillée sur le plancher, le crâne ouvert, le visage comme en bouillie.

A six heures du matin, déjà, on retrouvait Théo Stiernet sur un banc de la gare du Nord, où il dormait.

— Qu'est-ce qui t'a donné l'idée de la tuer ?

— Je ne pensais pas le faire. C'est elle qui m'a attaqué et j'ai eu peur.

— Tu as braqué sur elle ton pistolet d'enfant ?

— Oui. Elle n'a pas bronché. Peut-être a-t-elle vu tout de suite que ce n'était qu'un jouet.

« — Sors, voyou !... qu'elle m'a dit. Si tu crois que tu m'impressionnes...

« Elle a saisi des ciseaux sur la table ronde et elle s'est dirigée vers moi en répétant :

« — Va-t'en !... Va-t'en, te dis-je, si tu ne veux pas le regretter toute ta vie...

Elle était petite, frêle en apparence, mais très nerveuse.

— J'ai été pris de peur. J'ai pensé qu'avec ses ciseaux ouverts elle allait me crever les yeux. J'ai cherché autour de moi quelque chose pour me défendre. A côté du poêle, il y avait un tisonnier et je l'ai saisi.

— Combien de fois as-tu frappé ?

— Je ne sais pas. Elle ne voulait pas tomber. Elle continuait à me regarder avec des yeux fixes.

— Son visage était en sang ?

— Oui. Je ne voulais pas qu'elle souffre. Je ne sais pas. J'ai continué à frapper.

Maigret croyait entendre l'avocat général, aux assises, prononçant :

« — Stiernet, alors, s'est acharné sauvagement sur sa malheureuse victime... »

— Et quand elle est tombée ?

— Je l'ai regardée sans comprendre. Je ne voulais pas la tuer. Je vous le jure. Vous pouvez me croire.

— Tu avais pourtant gardé assez de sang-froid pour fouiller les tiroirs.

— Pas tout de suite. J'ai d'abord marché vers la porte. Puis je me suis souvenu qu'il ne me restait qu'un franc cinquante en poche et qu'on m'avait mis à la porte de ma chambre d'hôtel parce que je devais trois semaines de loyer.

— Tu es retourné sur tes pas ?

— Oui. Je n'ai pas fouillé le logement comme vous aviez l'air de le dire. J'ai juste ouvert quelques tiroirs. J'ai trouvé un vieux porte-monnaie que j'ai glissé dans ma poche. Puis j'ai mis la main sur une boîte en carton qui contenait deux bagues et un camée.

Les deux bagues et le camée étaient sur le bureau de Maigret, près des pipes, ainsi que le porte-monnaie usé.

— Tu n'as pas découvert le magot ?

— Je ne l'ai pas cherché. J'avais hâte de m'en aller, de ne plus la voir. Elle avait toujours l'air de me regarder, où que je sois dans la pièce. Dans l'escalier, j'ai rencontré Mme Menou. Je suis entré dans un bar et j'ai bu un cognac. Puis, comme il y avait des sandwichs sur le comptoir, j'en ai mangé trois.

— Tu avais faim ?

— Je suppose. J'ai mangé, j'ai bu du café puis je me suis mis à marcher dans les rues. Je n'étais pas plus avancé qu'avant, car il n'y avait que huit francs vingt-cinq dans le porte-monnaie.

« *Je n'étais pas plus avancé qu'avant !* »

Il avait dit ça comme si c'était la chose la plus naturelle du monde et Maigret, rêveur, ne pouvait détacher le regard de son visage.

— Pourquoi as-tu choisi la gare du Nord ?

— Je ne l'ai pas choisie. J'y suis arrivé par hasard. Il faisait très froid.

On était le 15 décembre. La bise soufflait, faisant voleter de minuscules flocons de neige qui glissaient sur les pavés comme de la poussière.

— Tu voulais gagner la Belgique ?

— Avec les quelques francs qu'il me restait ?

— Quels étaient tes projets ?

— D'abord dormir.

— Tu prévoyais que tu allais être arrêté ?

— Je n'y pensais pas.

— A quoi pensais-tu ?

— A rien.

La police, elle, avait retrouvé le magot, enveloppé dans du papier d'emballage, au-dessus de l'armoire à glace. Il y avait vingt-deux mille francs.

— Je ne sais pas.

La porte s'ouvrait et Lapointe entrait dans le bureau.

— L'inspecteur Fourquet vient de téléphoner. Il aurait aimé vous parler mais je lui ai dit que vous étiez occupé.

Fourquet appartenait au XVIIe arrondissement, un quartier riche, gros bourgeois, où les crimes étaient rares.

— Un homme vient d'être abattu rue Fortuny, à deux cents mètres du parc Monceau. Il paraît, d'après ses papiers, que c'est une assez grosse légume, un important marchand de vins en gros.

— On ne sait rien d'autre ?

— Il semblait se diriger vers sa voiture quand il a été atteint de quatre balles. Il n'y a pas eu de témoins. La rue n'est pas passante et, à ce moment-là, il n'y avait personne.

Le regard de Maigret tomba sur Stiernet et il haussa les épaules.

— Lucas est là ?

Il se dirigea vers la porte, aperçut Lucas à son bureau.

— Tu veux venir un instant ?

Stiernet, de ses gros yeux, les observait l'un après l'autre comme s'il n'était pas concerné.

— Tu vas reprendre l'interrogatoire à zéro et enregistrer ses réponses. Ensuite, il signera le procès-verbal et tu le conduiras au Dépôt. Toi, Lapointe, tu descends avec moi.

Il endossa son lourd pardessus noir, s'entoura le cou de l'écharpe de laine bleu marine que Mme Maigret lui avait tricotée. Avant de sortir, il bourra une nouvelle pipe qu'il alluma dans le couloir, après un dernier regard au meurtrier.

Bien que la soirée ne fût pas avancée, il y avait peu de gens dans les rues, à cause de la bise glacée qui figeait les visages et perçait les vêtements les plus chauds. Les deux hommes prirent place dans une des petites voitures noires de la P.J. et traversèrent une bonne partie de Paris en un temps record.

Rue Fortuny, des agents arrêtaient la circulation et empêchaient les curieux d'approcher d'un corps qu'on voyait étendu sur le trottoir. Quatre ou cinq hommes allaient et venaient autour.

Fourquet était là et s'avança vers Maigret.

— Le commissaire du quartier vient d'arriver. Le docteur aussi.

Maigret serra la main du commissaire qu'il connaissait bien. C'était un homme élégant, aimable.

— Vous connaissez Oscar Chabut ?

— Je devrais le connaître ?

— C'est un homme assez important, un des plus gros négociants en vins de Paris. Le Vin des Moines. Vous avez lu ces mots-là sur les camions, sur les affiches. Il a des péniches sur l'eau, des wagons-citernes.

L'homme étendu sur le trottoir était corpulent sans être gras. Il était plutôt bâti comme un joueur de rugby. Le médecin se redressait et époussetait son pantalon qui s'était couvert de neige poudreuse aux genoux.

— Il n'a pas dû survivre plus de deux ou trois minutes. L'autopsie en dira davantage.

Maigret regardait les yeux fixes, d'un bleu très clair, presque gris pâle, le visage taillé à grands coups, avec une mâchoire solide qui commençait à s'affaisser.

La camionnette des gens de l'Identité Judiciaire s'arrêtait au bord du trottoir et les spécialistes en sortaient leurs appareils comme l'aurait fait une équipe de cinéma ou de télévision.

— Vous avez averti le bureau du procureur ?

— Oui. Il va envoyer un substitut et un juge d'instruction.

Maigret chercha Fourquet des yeux, le trouva à quelques pas, se battant les flancs de ses longs bras pour se réchauffer.

— Quelle est sa voiture ?

Il y en avait cinq ou six arrêtées au bord du trottoir, toutes des voitures chères. Celle de Chabut était une Jaguar rouge.

— Vous avez regardé dans la boîte à gants ?

— Oui. Des lunettes de soleil, un guide Michelin, deux cartes routières de la Provence et une boîte de pastilles contre la toux.

— Il sortait presque sûrement d'une maison de la rue.

Celle-ci était courte et Maigret, en se retournant, reconnut l'hôtel particulier devant lequel le corps se trouvait encore. La maison était de style 1900 avec des pierres sculptées autour des fenêtres, des arabesques. Il eut l'impression que le judas grillagé, dans la porte d'entrée en chêne clouté, venait de bouger.

— Tu veux venir avec moi, Lapointe...

Il se dirigea vers le seuil, poussa le bouton de sonnerie. Il se passa un temps assez long avant que le panneau ne s'entrouvre. Une femme dont on ne voyait qu'un œil et une épaule se tenait dans le corridor non éclairé.

— Qu'est-ce que c'est ?

Maigret l'avait reconnue.

— Bonsoir, Blanche.

— Qu'est-ce que vous me voulez ?

— Commissaire Maigret. Vous ne vous souvenez pas ? Il est vrai qu'il y a bien dix ans que nous nous sommes vus pour la dernière fois.

Il poussa la porte sans y être invité.

— Entre, dit-il à Lapointe. Tu es trop jeune pour avoir connu Mme Blanche, comme tout le monde l'appelle.

Comme s'il se trouvait dans un décor familier, Maigret tournait le commutateur pour faire de la lumière, poussait un battant d'une double porte qui ouvrait sur un vaste salon. C'était plein de tapis, de tentures, de coussins multicolores, de lampes à la lumière tamisée par des abat-jour de soie.

Mme Blanche paraissait cinquante ans, mais elle en avait certainement une soixantaine. C'était une petite femme boulotte que certains auraient trouvée très distinguée. Elle portait une robe de soie noire sur laquelle tranchaient deux ou trois rangs de perles.

— Toujours aussi active et aussi discrète ?

Il l'avait connue trente ans plus tôt, quand elle arpentait encore le boulevard de la Madeleine. Elle était jolie et douce, avec toujours un sourire avenant qui lui faisait deux fossettes.

Plus tard, elle était devenue sous-maîtresse dans un appartement de la rue Notre-Dame-de-Lorette où l'on était toujours sûr de rencontrer de jolies femmes.

Elle avait monté en grade. Elle était maintenant propriétaire de cet hôtel particulier où les couples d'occasion trouvaient un refuge élégant et cossu, du champagne et du whisky des meilleures marques.

— Comment cela s'est-il passé ? questionna le commissaire tandis qu'elle se donnait une contenance.

— Il ne s'est rien passé ici. Je ne sais pas ce qu'il y a eu dehors. J'ai remarqué des allées et venues.

— Vous n'avez pas entendu de coups de feu ?

— C'étaient des coups de feu ? J'ai cru qu'il s'agissait d'une voiture.

— Où étiez-vous ?

— A vrai dire, je finissais de manger dans la cuisine. Juste un petit pain et du jambon. Je ne dîne jamais.

— Qui se trouve dans la maison ?

— Personne. Pourquoi ?

— Avec qui était Oscar Chabut ?

— Qui est Oscar Chabut ?

— Il vaudrait mieux que vous fassiez montre de bonne volonté, sinon je serais obligé de vous emmener quai des Orfèvres.

— Je ne connais mes clients que par leur prénom. Ce sont presque tous des gens importants.

— Et vous n'entrouvrez la porte qu'après les avoir regardés par le judas.

— La maison est bien tenue. Je n'accepte pas n'importe qui. C'est bien pourquoi la brigade mondaine nous laisse tranquille.

— Vous avez aussi regardé par le judas quand Chabut est sorti ?

— Qu'est-ce qui vous fait penser ça ?

— Lapointe, conduis-la donc au Quai, où elle se montrera peut-être plus bavarde.

— Je ne peux pas quitter la maison. Je vous dirai ce que je sais. Je suppose que le nommé Chabut est le client qui est sorti il y a environ une demi-heure.

— C'était un habitué? Il venait souvent?

— De temps en temps.

— Une fois par mois? Une fois par semaine?

— Plutôt par semaine.

— Avec toujours la même personne?

— Pas toujours, non.

— Sa compagne d'aujourd'hui était une nouvelle?

Elle hésita, finit par hausser les épaules.

— Je ne vois pas pourquoi je me mettrais dans le pétrin. Elle est venue une trentaine de fois en un an.

— Il vous téléphonait pour vous annoncer sa visite?

— Comme ils le font tous.

— A quelle heure sont-ils arrivés?

— Vers sept heures.

— Ensemble, ou séparément?

— Ensemble. J'ai tout de suite reconnu la voiture rouge.

— Ils ont commandé à boire?

— Le champagne était préparé dans un seau à glace.

— Où est la femme?

— Mais... Elle est partie...

— Après que Chabut a été abattu?

Il lut une hésitation dans son regard.

— Bien sûr que non.

— Vous prétendez qu'elle est partie la première ?

— C'est un fait.

— Je ne vous crois pas, Blanche.

Au cours de sa carrière, il avait eu souvent à s'occuper de maisons du même genre et il en connaissait les habitudes. Il savait donc que c'est toujours l'homme qui part le premier, laissant sa compagne se refaire une beauté.

— Conduisez-moi à la chambre qu'ils ont occupée. Toi, Lapointe, surveille le corridor afin que personne ne sorte. Alors, où étaient-ils ?

— Au premier. La chambre rose.

Les murs étaient couverts de boiseries, la rampe d'escalier sculptée. Le tapis, sous les pieds, retenu par des tringles de cuivre à chaque marche, était moelleux, bleu pâle.

— Quand je vous ai vu arriver...

— Car vous étiez en faction derrière le judas ?

— C'est naturel, non ? Je cherchais à savoir ce qui se passait. Quand je vous ai reconnu, je me suis doutée tout de suite que j'allais avoir des ennuis...

— Avouez que vous connaissiez son nom.

— Oui.

— Et celui de sa compagne ?

— Seulement son prénom, je le jure. Anne-Marie. Je l'appelais la Sauterelle.

— Pourquoi ?

— Parce qu'elle est grande et maigre, avec de longues jambes et de longs bras.

— Où est-elle ?

— Je vous ai dit qu'elle est partie la première.

— Et je ne vous crois pas.

Elle poussa une porte et on vit, dans une chambre toute feutrée, une femme de chambre occupée à changer les draps d'un lit à baldaquin. Sur un guéridon se trouvaient une bouteille de champagne et deux coupes dont l'une, marquée de rouge à lèvres, contenait encore un peu de liquide.

— Vous voyez bien que...

— Qu'elle n'est ni dans cette chambre ni dans la salle de bains, c'est exact. Combien d'autres chambres avez-vous ?

— Huit.

— Il y en a d'occupées ?

— Non. C'est surtout en fin d'après-midi, ou beaucoup plus tard que mes clients arrivent. J'en attendais un à neuf heures. Il a dû voir un groupe sur le trottoir et...

— Montrez-moi les autres chambres.

Il y en avait quatre au premier étage, toutes plus ou moins dans le style Second Empire, avec des meubles lourds et une profusion de tentures aux tons passés.

— Vous voyez qu'il n'y a personne.

— Continuons.

— Pourquoi serait-elle montée à l'étage supérieur ?

— Je tiens à voir quand même.

Les deux premières chambres étaient vides, en effet, mais, dans la troisième, une jeune fille était assise, toute raide, sur une chaise rembourrée et recouverte de velours grenat.

Elle se leva d'une détente. Elle était longue et mince, sans presque de poitrine ni de hanches.

— Qui est-ce ? demanda-t-il.

— C'est elle qui attendait le client de neuf heures.

— Vous la connaissez ?

— Non.

Mais la jeune fille haussait les épaules. Elle ne paraissait pas avoir vingt ans et il y avait maintenant dans son attitude un certain je m'en-fichisme.

— Il finira quand même par le savoir. C'est un policier, n'est-ce pas ?

— Le commissaire Maigret.

— Sans blague ?

Elle le regarda curieusement.

— Vous vous occupez vous-même de cette affaire ?

— Comme vous le voyez.

— Il est mort ?

— Oui.

Elle se tourna vers Mme Blanche et lui dit d'un ton de reproche :

— Pourquoi m'avez-vous menti en prétendant qu'il n'était que blessé ?

— Je ne pouvais pas savoir. Je ne me suis pas approchée de lui.

— Qui êtes-vous, mademoiselle ?

— Anne-Marie Boutin. Je suis sa secrétaire particulière.

— Vous veniez souvent ici avec lui ?

— En moyenne une fois par semaine. Toujours le mercredi, parce que ce jour-là je suis censée prendre un cours d'anglais.

— Descendons, grommela Maigret.

Il était un peu écœuré par tous ces tons pastels

et par ces lumières tamisées qui donnaient aux visages quelque chose de flou.

-:-

Ils s'étaient arrêtés dans le salon, mais personne ne s'était assis. On entendait des voix, des allées et venues sur le trottoir où la bise était si froide alors que la maison était surchauffée comme une serre. Comme dans une serre aussi il y avait d'immenses plantes vertes dans des vases chinois.

— Qu'est-ce que vous savez du meurtre de votre patron ?

— Ce qu'elle m'en a dit, répondit la Sauterelle en désignant Mme Blanche. Que quelqu'un lui a tiré dessus et l'a blessé. Que le concierge de l'immeuble voisin est sorti et a sans doute téléphoné à la police car celle-ci est arrivée quelques minutes plus tard.

Le commissariat était à deux pas, avenue de Villiers.

— Il est mort sur le coup ou à peu près ?

— Oui.

Il lui sembla qu'elle devenait un peu plus pâle, mais elle ne pleura pas. C'était seulement comme si elle avait reçu un choc. Elle continuait machinalement :

— Je voulais partir tout de suite, mais elle n'a pas voulu.

— Pourquoi? demanda Maigret à Mme Blanche.

— Elle serait tombée dans les mains de votre collègue qui venait d'arriver. J'aurais préféré la tenir et tenir la maison en dehors de tout ça. Si les journaux s'en mêlent, ce sera presque sûrement la fermeture.

— Dites-moi exactement ce que vous avez vu. Où se trouvait l'homme qui a tiré ?

— Entre deux voitures, juste en face de la porte.

— Vous avez pu bien le voir ?

— Non. Le candélabre est assez loin. Je ne distinguais qu'une silhouette.

— Il était grand ?

— Plutôt petit, large d'épaules, habillé de sombre. Il a tiré trois ou quatre fois, je ne les ai pas comptées. M. Oscar a porté la main à son ventre, a oscillé un moment et est tombé en avant.

Maigret observait la jeune fille qui était impressionnée mais qui ne donnait aucun signe de désespoir.

— Vous l'aimiez ?

— Qu'est-ce que vous voulez dire ?

— Il y a longtemps que vous étiez sa maîtresse ?

Elle paraissait surprise par ce mot.

— Ce n'était pas tout à fait ce que vous croyez. Il me faisait signe quand il avait envie de moi mais il ne parlait jamais d'amour. Je ne pensais pas à lui comme à un amant...

— A quelle heure votre mère vous attend-elle ?

— Entre neuf heures et demie et dix heures.

— Où habitez-vous ?

— Rue Caulaincourt, près de la place Constantin-Pecqueur.

— Où sont les bureaux d'Oscar Chabut ?

— Quai de Charenton, après les entrepôts de Bercy.

— Vous y serez demain matin ?

— Certainement.

— Il est possible que j'aie besoin de vous. Lapointe, sors avec elle et conduis-la jusqu'à l'entrée du métro afin que, si les journalistes sont déjà alertés, elle ne soit pas ennuyée.

Il tripotait sa pipe comme s'il hésitait à la bourrer et à l'allumer dans cette atmosphère. Il finit par s'y décider.

Mme Blanche tenait les deux mains croisées sur son ventre rondelet et le regardait, paisible, comme quelqu'un qui n'a rien à se reprocher.

— Vous êtes sûre que vous n'avez pas reconnu le tireur ?

— Je vous le jure.

— Arrivait-il à votre client de venir avec des femmes mariées ?

— Je le suppose.

— Ses visites étaient fréquentes ?

— Il m'arrivait de le voir plusieurs fois la même semaine, puis il restait dix ou quinze jours sans donner de ses nouvelles. C'était plutôt rare.

— Personne ne vous a téléphoné à son sujet ?

— Non.

Le substitut du procureur et le juge d'instruction étaient partis. Le froid était plus mordant que tout à l'heure et les hommes de l'Institut Médico-Légal, qui avaient mis le corps du marchand de vins sur une civière, hissaient celle-ci dans le fourgon.

Les spécialistes de l'Identité Judiciaire remontaient dans leur camionnette.

— Vous avez trouvé quelque chose ?

— Les douilles. Quatre. Calibre 6,35.

Un petit calibre. Une arme d'amateur ou de femme, avec laquelle il faut tirer de près.

— Pas de journalistes ?

— Il en est venu deux. Ils sont repartis assez vite pour ne pas rater leur édition de province.

L'inspecteur Fourquet attendait patiemment, en battant la semelle. Il tenait un mouchoir devant son visage pour se réchauffer le nez.

— Il sortait de là ?

— Oui, grommela Maigret.

— Vous allez le dire à la presse ?

— Autant que possible, je préférerais que ce ne soit pas publié. Vous avez ses papiers d'identité, son portefeuille ?

Fourquet les tira de sa poche et les lui passa.

— Son adresse personnelle ?

— Place des Vosges. Vous verrez le numéro sur sa carte d'identité. Vous allez prévenir sa femme ?

— Cela vaut mieux que de lui laisser apprendre le drame par les journaux demain matin.

Au coin de l'avenue de Villiers on apercevait l'entrée du métro Malesherbes d'où Lapointe revenait à grands pas.

— Merci pour votre coup de téléphone, Fourquet. Je m'excuse de vous avoir laissé si longtemps dehors. Il fait vraiment froid.

Il s'installa dans la petite voiture bien calfeutrée et Lapointe se mit au volant, regarda le patron, l'œil interrogateur.

— Place des Vosges.

Ils roulèrent un certain temps en silence. Au parc Monceau, la poudre blanche qui tombait toujours formait une mince couche au-delà des grilles à pointes dorées. Après les Champs-Elysées, ils prirent par les quais et ils ne tardèrent pas à s'arrêter place des Vosges.

La concierge, invisible dans sa loge non éclairée, déclencha la minuterie et Maigret grommela en passant :

— Mme Chabut...

On ne lui posa pas de question. Les deux hommes s'arrêtèrent au premier étage où, sur la porte de chêne massif, le nom d'Oscar Chabut était gravé dans le cuivre d'une petite plaque. Il n'était que dix heures et demie. Il sonna. Une minute plus tard la porte s'ouvrit et une jeune femme de chambre en tablier et en bonnet de linon les regarda d'un air interrogateur. Elle était brune, jolie, et son uniforme de soie noire mettait son corps en valeur.

— Mme Chabut...

— De la part de qui ?

— Commissaire Maigret, de la Police Judiciaire.

— Un instant.

On entendait dans l'appartement la radio ou la télévision, des voix qui se répondaient comme dans une pièce de théâtre. Le son fut coupé net et un instant plus tard une femme en peignoir émeraude s'avançait vers eux, l'air surpris.

Elle n'avait pas quarante ans et elle était belle, surtout gracieuse, et sa démarche avait une élégance qui frappa Maigret.

— Si vous voulez me suivre, messieurs.

Elle les introduisit dans un vaste salon où un fauteuil était installé devant la télévision qu'on venait d'éteindre.

— Asseyez-vous, je vous en prie. Ne me dites pas que mon mari a eu un accident...

— C'est malheureusement le cas, madame.

— Il est blessé ?

— C'est plus grave.

— Vous voulez dire ?...

Il fit oui de la tête.

— Pauvre Oscar !

Elle non plus ne pleurait pas, se contentant de baisser la tête d'un air triste.

— Il était seul dans la voiture ?

— Il ne s'agit pas d'un accident de voiture. Quelqu'un a tiré sur lui.

— Une femme ?

— Non. Un homme.

— Pauvre Oscar, répéta-t-elle. Où cela s'est-il passé ?

Et, comme Maigret hésitait, elle expliqua :

— Vous n'avez pas à avoir peur de me le dire. J'étais au courant de tout. Il y a longtemps que nous n'étions plus amants, ni même mari et femme, en quelque sorte, mais une paire d'amis. C'était un bon gros toutou. Les gens se trompaient sur son compte parce qu'il bombait le torse et tapait volontiers du poing sur la table.

— Vous connaissez la rue Fortuny ?

— C'est là qu'il les conduisait presque toutes. Je connais même cette délicieuse Mme Blanche, car il a tenu à me montrer l'endroit. Quand je vous dis que nous étions bons amis. Avec qui était-il ?

— Une jeune fille, sa secrétaire particulière.

— La Sauterelle ! C'est lui qui lui a donné ce surnom et tout le monde l'appelle ainsi.

Lapointe la regardait intensément, sidéré par l'aisance de cette femme.

— Cela s'est passé dans la maison ?

— Sur le trottoir, au moment où votre mari allait se diriger vers sa voiture.

— On a mis la main sur le meurtrier ?

— Il a eu tout le temps de fuir vers le haut de la rue et sans doute de se précipiter dans une rame de métro. Puisque vous étiez au courant des aventures de votre mari, peut-être avez-vous une idée de l'identité de l'assassin ?

— N'importe qui, murmura-t-elle avec un sourire désarmant. N'importe quel mari ou quel amant. Il y a encore des jaloux sur la terre.

— Il n'a pas reçu de lettres de menaces ?

— Je ne crois pas. Il a eu des rapports intimes avec plusieurs de nos amies, mais je n'en vois aucune dont le mari aurait été susceptible de tuer.

« Il ne faut pas vous tromper, monsieur le commissaire. Mon mari n'était pas une sorte de bourreau des cœurs. Ce n'était pas non plus une brute, malgré son aspect.

« Je vous surprendrai sans doute en vous disant que c'était un timide et que c'est à cause de cette timidité qu'il éprouvait le besoin de se rassurer.

« Or, rien ne le rassurait davantage que de savoir qu'il pouvait avoir la plupart des femmes. »

— Vous avez toujours été consentante ?

— Au début, il se cachait de moi. J'ai mis des années à découvrir qu'il couchait avec plusieurs de mes amies. Une fois, je l'ai pris en flagrant délit et nous avons eu un long entretien dont nous sommes sortis bons amis.

« Vous comprenez, maintenant ? Ce n'en est pas moins une grande perte pour moi. Nous étions habitués l'un à l'autre. Nous nous aimions bien. »

— Il était jaloux de vous ?

— Il me laissait toute liberté mais il préférait, avec son amour-propre de mâle, de ne pas être trop au courant. Où est le corps à présent ?

— A l'Institut Médico-Légal. J'aimerais que vous vous y rendiez, demain dans la matinée, pour le reconnaître officiellement.

— Où a-t-il été atteint ?

— Au ventre et à la poitrine.

— Il a souffert ?

— La mort a été pratiquement instantanée.

— La Sauterelle a assisté au meurtre ?

— Non. Il a quitté la maison le premier.

— Il était tout seul.

— Je vous demanderai, demain, de me dresser la liste de vos amies, de toutes les maîtresses que vous lui connaissez.

— C'est bien un homme qui a tiré ?

— D'après Mme Blanche, oui.

— La porte était encore ouverte ?

— Non. Elle regardait par le judas. Je vous remercie, madame Chabut, et je regrette, croyez-le, d'avoir eu à vous apporter de mauvaises nouvelles. Au fait, votre mari avait-il de la famille à Paris ?

— Son père, le vieux Désiré. Il a soixante-treize ans, mais il tient encore son bistrot du quai de la Tournelle. Cela s'appelle « Au Petit Sancerre ». Il est veuf et vit avec une serveuse d'une cinquantaine d'années.

Une fois dans la voiture, Maigret questionna, tourné vers Lapointe :

— Alors ?

— C'est une curieuse femme, n'est-ce pas ? Vous croyez ce qu'elle dit ?

— Certainement.

— Elle n'a pas manifesté beaucoup de chagrin.

— Cela viendra. Déjà tout à l'heure, quand elle se mettra seule au lit. Peut-être est-ce la femme de chambre qui va pleurer, car elle couchait certainement avec lui aussi.

— C'était un maniaque, non ?

— Plus ou moins. Il y a des hommes qui ont besoin de ça pour croire en eux-mêmes. Sa femme l'a fort bien dit. Quai de la Tournelle... Je me demande si le bistrot est encore ouvert.

Ils arrivèrent juste au moment où un homme à cheveux blancs, un tablier de grosse toile bleue autour des reins, descendait le rideau de fer. La porte entrouverte laissait voir les chaises sur les tables, la sciure sur le plancher, quelques verres sales sur le comptoir d'étain.

— C'est fermé, messieurs.

— Nous désirons seulement vous parler.

Il fronça les sourcils.

— Me parler, à moi ? Et d'abord qui êtes-vous ?

— Police Judiciaire.

— Voulez-vous me dire ce que j'ai à voir avec la Police Judiciaire ?

Ils étaient entrés et Désiré Chabut avait refermé la porte. Un gros poêle, dans un angle de la pièce, répandait une bonne chaleur.

— Il ne s'agit pas de vous, mais de votre fils.

Il les regardait, méfiant, de ses yeux calmes et rusés de paysan.

— Qu'est-ce qu'il a fait, mon fils ?

— Il n'a rien fait. Il lui est arrivé un accident.

— Je lui ai toujours dit qu'il roulait trop vite. Il est grièvement blessé ?

— Il est mort.

L'homme passa de l'autre côté du comptoir et, sans mot dire, se remplit un petit verre de marc qu'il avala d'une lampée.

— Vous en voulez ? questionna-t-il.

Maigret fit oui de la tête. Lapointe, qui détestait le marc, refusa.

— Où cela s'est-il produit ?

— Il ne s'agit pas d'un accident de la circulation. Votre fils a été abattu à coups de pistolet automatique.

— Par qui ?

— C'est ce que je cherche à découvrir.

Le vieux ne pleurait pas, lui non plus. Son visage ridé restait impassible, son regard dur.

— Vous avez vu ma belle-fille ?

— Oui.

— Qu'est-ce qu'elle dit ?

— Elle ne sait pas non plus.

— Il y a plus de cinquante ans que je suis ici. Venez avec moi.

Il les conduisit dans une cuisine où il fit de la lumière.

— Regardez.

Il désignait un garçonnet de sept ou huit ans qui tenait un cerceau, puis le même enfant en costume de Première Communion.

— C'est lui. Il est né ici, à l'entresol. Il est allé à l'école du quartier puis il est entré au lycée où il a raté deux fois son bachot. Il est devenu placier en vins. Il faisait du porte-à-porte. Puis il est devenu le bras droit d'un négociant de Mâcon qui avait une succursale à Paris. Il n'a pas toujours eu la vie facile, croyez-moi. Il a travaillé dur. Et, quand il s'est marié, c'est tout juste s'il gagnait de quoi vivre à deux.

— Il aimait sa femme ?

— Bien sûr qu'il l'aimait. Elle était dactylo chez son patron. Au début, ils se sont installés dans un petit logement de la rue Saint-Antoine. Ils n'ont pas d'enfant. Oscar a fini par se mettre à son compte, malgré les avis que je lui donnais. J'étais persuadé qu'il s'en mordrait les doigts alors qu'au contraire il a réussi tout ce qu'il entreprenait. Vous avez vu ses péniches sur la Seine, avec « Vin des Moines » en grosses lettres ?

« Voyez-vous, pour réussir comme ça, il faut se montrer dur. A cause de son succès, des petits négociants se sont trouvés acculés à la faillite. Ce n'était pas sa faute, bien sûr. Ils ne lui en veulent pas moins, c'est humain. »

— Vous voulez dire que le crime pourrait avoir été commis par un concurrent malheureux ?

— C'est le plus probable, non ?

Désiré ne parlait pas des maîtresses de son fils, de l'hypothèse d'un mari ou d'un amant jaloux. Etait-il au courant ?

— Vous connaissez des gens qui lui en veulent ?

— Je ne les connais pas mais il y en a. Aux entrepôts de Bercy, on pourrait sans doute vous en dire davantage. Mon fils y passait pour un homme qui n'hésitait pas à marcher sur les pieds des gens.

— Il venait souvent vous voir ?

— Pour ainsi dire jamais. Depuis qu'il a monté son affaire, nous ne nous entendions pas fort bien.

— Parce que vous le trouviez dur ?

— Pour cela et pour le reste. Peu importe.

Et soudain, d'un index qui tremblait un peu, il écrasa une larme, une seule, sur sa joue.

— Quand est-ce que je le verrai ?

— Demain, à l'Institut Médico-Légal, si vous le désirez.

— C'est un peu plus bas, de l'autre côté de l'eau, n'est-ce pas ?

Il remplissait les deux verres, vidait le sien, le regard toujours fixe. Maigret buvait, lui aussi, et quelques instants plus tard il reprenait place dans l'auto.

— Chez moi, si tu veux bien. Tu garderas la voiture pour rentrer chez toi à ton tour.

Il était près de minuit quand il s'engagea dans l'escalier et il vit la porte de leur appartement s'entrouvrir, sa femme qui l'attendait sur le palier. Il l'avait avertie, dès huit heures, qu'il rentrerait tard, car il avait compté rester plus de temps avec le jeune Stiernet.

— Tu n'as pas pris froid ?

— C'est à peine si j'ai mis le nez dehors. Le temps d'entrer dans la voiture et d'en sortir.

— Tu as une voix d'enrhumé.

— Pourtant je ne tousse pas et je ne me mouche pas.

— Attends demain matin. Je ferais mieux de te préparer un grog et de te donner deux aspirines. Le gosse a avoué ?

Elle savait seulement que Stiernet avait assommé sa grand-mère.

— Sans aucune difficulté. Il n'a pas nié un seul instant.

— Il voulait de l'argent ?

— Il est chômeur. On venait de le mettre à la porte de sa chambre, qu'il n'avait pas payée depuis deux mois.

— C'est une brute ?

— Non. Il a à peu près l'intelligence et la mentalité d'un enfant de dix ans. Il ne se rend pas compte de ce qui lui est arrivé, ni de ce qui l'attend. Il répond du mieux qu'il peut aux questions, l'air appliqué, comme à l'école.

— Tu le crois irresponsable ?

— C'est l'affaire des juges et non la mienne. Heureusement !

— Y a-t-il des chances pour qu'on lui désigne un bon avocat ?

— Ce sera un jeune, inconnu aux assises, comme toujours. Il lui reste trois francs en poche. Ce n'est pas lui qui m'a retenu jusqu'à maintenant, mais un homme important, qui s'est fait abattre à coups de pistolet au moment où il sortait de la maison de passe la plus chic de Paris.

— Je reviens. J'entends l'eau qui chante et je vais te préparer ton grog.

Pendant ce temps il se dévêtit, passa son pyjama, hésita à bourrer une dernière pipe et, bien entendu, finit par le faire. Est-ce que le tabac ne commençait pas à avoir le goût de rhume ?

CHAPITRE II

QUAND MME MAIGRET vint lui toucher l'épaule, une tasse de café à la main, il fut tenté, comme cela lui arrivait dans son enfance, de lui dire qu'il ne se sentait pas bien, qu'il avait besoin de rester au chaud dans son lit.

Sa tête était douloureuse, surtout les sinus, et il se sentait le front moite. Les vitres de la fenêtre étaient d'un blanc laiteux comme si elles avaient été en verre dépoli.

Il but, finit par se lever en grognant, alla regarder dehors : les premiers passants qui, les mains au fond des poches, se précipitaient vers la bouche de métro, n'étaient que des silhouettes dans le brouillard.

Il s'éveillait lentement, buvait le reste de son café, restait longtemps sous la douche. Puis, en se rasant, il se mit à penser à Chabut, qui le fascinait.

Qui avait donné de lui l'image la plus fidèle ? Pour Mme Blanche, il n'était qu'un client, un de ses meilleurs clients qui ne manquait pas, à chacune de ses visites, de commander du champagne. Il avait besoin de dépenser largement, de montrer qu'il était riche. Il devait dire volontiers :

— J'ai débuté dans la vie en faisant du porte-à-porte et mon père tient encore un bistrot quai de la Tournelle. C'est à peine s'il sait lire et écrire.

Qu'est-ce que la Sauterelle pensait exactement de lui ? Elle n'avait pas pleuré et pourtant il semblait à Maigret que Chabut ne lui était pas indifférent. Elle savait qu'elle n'était pas seule à venir avec lui dans le petit hôtel particulier tout feutré de la rue Fortuny mais elle ne paraissait pas jalouse.

La femme du marchand de vin encore moins. Des images revenaient à l'esprit de Maigret, qu'il avait enregistrées inconsciemment. Par exemple, le portrait à l'huile, grandeur nature, qui occupait la meilleure place au mur du salon, place des Vosges. C'était une peinture léchée, très ressemblante. Chabut regardait devant lui d'un air de défi et sa main était fermée comme s'il se préparait à frapper.

— Comment te sens-tu ?

— Après ma seconde tasse de café, je serai tout à fait bien.

— Prends quand même une aspirine et reste le moins possible dehors. Je vais téléphoner pour appeler un taxi.

Quand il arriva quai des Orfèvres, il était toujours en compagnie du marchand de vin, encore flou, à qui il s'efforçait de donner un semblant de vie. Il avait l'impression que, quand il le connaîtrait mieux, il n'aurait aucune peine à découvrir son meurtrier.

Le brouillard était toujours aussi épais et Maigret dut allumer les lampes. Il dépouilla son courrier, signa quelques documents administratifs et, à neuf heures, se dirigea vers le bureau du directeur pour le rapport.

Quand ce fut son tour, il parla assez brièvement de Théo Stiernet.

— Vous croyez que c'est un demeuré ?

— C'est sans doute ce que plaidera son avocat, à moins qu'il ne préfère le thème de l'enfance malheureuse. Seulement, il a frappé une quinzaine de coups et on parlera de sauvagerie, surtout qu'il s'agit de sa grand-mère. Il ne se rend pas compte de ce qui l'attend. Il répond de son mieux aux questions. Il ne trouve pas extraordinaire ce qu'il a fait.

— Et l'affaire de la rue Fortuny, dont il est question brièvement dans les journaux de ce matin ?

— On en parlera davantage pas la suite. La victime est un homme riche, connu. On voit des affiches pour le Vin des Moines dans les couloirs du métro.

— Crime passionnel ?

— Je ne sais pas encore. Il faisait tout pour se créer de solides inimitiés et il n'y a pas de raison de chercher dans une direction plutôt que dans une autre.

— C'est vrai qu'il sortait d'une maison de passe ?

— Vous l'avez lu dans le journal ?

— Non. Mais je connais la rue Fortuny et j'ai aussitôt fait le rapprochement.

Quand il rentra dans son bureau, il était toujours plongé dans les événements de la veille. Jeanne Chabut l'intriguait aussi. Elle n'avait pas pleuré, elle non plus, même si elle avait reçu un choc. Elle devait être plus jeune que lui de cinq ou six ans.

Où avait-elle acquis son élégance, l'aisance qu'on sentait dans ses moindres gestes, dans ses moindres mots ?

Il l'avait connue au temps des vaches maigres et elle n'était alors qu'une simple dactylo.

Oscar avait beau s'habiller chez les meilleurs tailleurs, il restait une sorte de brute et il gardait quelque chose de pataud.

Il n'en revenait pas d'avoir si bien réussi et il éprouvait le besoin de mettre sa fortune en avant.

C'était elle, certainement, en dehors du portrait un peu ridicule, qui avait meublé l'appartement. Le moderne et les styles anciens y voisinaient harmonieusement, créant un ensemble où l'on se sentait bien. A cette heure, elle devait se préparer à se rendre à l'Institut Médico-Légal où on avait sans doute déjà procédé à l'autopsie. Elle ne broncherait pas. Elle était de taille à affronter l'atmosphère déprimante de ce qu'on appelait autrefois la morgue.

— Tu es là, Lapointe ?

— Oui, patron.

— Nous sortons.

Il endossait son lourd pardessus, s'entourait le cou de son écharpe, mettait son chapeau et, avant de quitter son bureau, allumait une pipe. Dans la cour, où ils montaient dans une des voitures, Lapointe questionna :

— Où va-t-on ?

— Quai de Charenton.

Ils longèrent le quai de Bercy où, derrière les grilles, se dressaient les entrepôts. Chaque bâtiment portait le nom d'un gros marchand de vins et trois des bâtiments les plus vastes étaient ceux du Vin des Moines.

Plus loin, il y avait en contrebas de la rue une sorte de port où des dizaines de barriques étaient alignées et où on en déchargeait d'autres d'une péniche. Toujours le Vin des Moines. Toujours Oscar Chabut.

La bâtisse, de l'autre côté de la rue, était vieille, entourée d'une vaste cour encombrée d'autres barriques. Au fond, on chargeait dans des camions des casiers pleins de bouteilles et un homme aux moustaches tombantes, au tablier bleu, semblait surveiller les opérations.

— Je vous accompagne ? Je range la voiture dans la cour.

— S'il te plaît.

Même dans la cour régnait une forte odeur de vinasse. Ils la retrouvèrent dans le large couloir dallé après avoir lu sur une plaque d'émail : Entrez sans sonner.

Une porte était ouverte, à gauche, et dans une pièce assez sombre une jeune fille qui louchait légèrement était assise devant un standard téléphonique.

— Vous désirez ?

— La secrétaire particulière de M. Chabut est ici ?

Elle les regardait avec méfiance.

— Vous voulez lui parler personnellement ?

— Oui.

— Vous la connaissez ?

— Oui.

— Vous êtes au courant de ce qui s'est passé ?

— Oui. Annoncez-lui le commissaire Maigret.

Elle l'examina avec plus d'attention, puis porta le regard sur le jeune Lapointe qui l'intéressa davantage.

— Allô ! Anne-Marie ? Il y a ici un certain commissaire Maigret et quelqu'un dont je ne connais pas le nom qui voudraient te voir. Oui. Bon. Je les fais monter.

L'escalier était poussiéreux et la peinture des murs manquait de fraîcheur. Un jeune homme les croisa dans l'escalier, une liasse de papiers dans les mains. Sur le palier, ils trouvèrent la Sauterelle près d'une porte entrouverte et elle les fit entrer dans un bureau assez vaste mais sans le moindre luxe.

On aurait dit qu'il avait été aménagé cinquante ans plus tôt et il était sombre, avec, comme ailleurs dans la cour et dans la maison, l'odeur aigre du vin.

— Vous l'avez vue ?

— Qui ?

— Sa femme.

— Oui. Vous la connaissez bien ?

— Quand il avait la grippe, il m'arrivait d'aller travailler place des Vosges. C'est une belle femme, n'est-ce pas ? Elle est très intelligente. Il n'hésitait pas, dans certains cas, à lui demander conseil.

— Je ne m'attendais pas à trouver ici un décor aussi vieillot.

— Il y a d'autres bureaux, fort différents, avenue de l'Opéra, avec une enseigne lumineuse sur toute la largeur de la façade. Ces bureaux-là sont modernes, élégants, clairs et confortables. C'est eux qui sont en rapport avec les quinze mille points de vente et qui en créent de nouveaux tous les mois.

Ils ont des ordinateurs et presque tout se fait électroniquement.

— Et ici ?

— C'est la vieille maison. Elle a gardé l'ancienne atmosphère et cela rassure les clients de province. Chabut allait chaque jour avenue de l'Opéra, mais c'est ici qu'il travaillait le plus volontiers.

— Vous alliez là-bas avec lui ?

— Parfois. Pas souvent. Il y avait une autre secrétaire.

— Qui, en dehors de lui, dirigeait l'affaire ?

— Diriger vraiment, personne. Il ne faisait confiance à personne. Ici, il y a M. Leprêtre, le chef caviste, qui s'occupe de la fabrication. Il y a aussi un comptable, M. Riolle, qui n'est dans la maison que depuis quelques mois. Dans le bureau d'en face travaillent quatre dactylos.

— C'est tout ?

— Vous avez vu la téléphoniste. Enfin, il y a moi. C'est difficile à expliquer. Nous formons une sorte d'état-major, alors que le gros du travail se fait avenue de l'Opéra.

— Combien de temps passait-il là-bas chaque jour ?

— Une heure ? Parfois deux.

Le bureau était à cylindre, comme au bon vieux temps, couvert de paperasses.

— Les autres dactylos sont aussi jeunes que vous ?

— Vous voulez les voir ?

— Tout à l'heure.

— Il y en a une beaucoup plus âgée, Mlle Berthe. Elle a trente-deux ans et c'est la plus ancienne. La plus jeune a vingt et un ans.

— Comment se fait-il qu'il vous ait choisie comme secrétaire particulière ?

— Il demandait une débutante. J'ai lu l'annonce et je me suis présentée. Il y a plus d'un an de ça. Je n'avais pas dix-huit ans. Il m'a trouvée rigolote et il m'a demandé si j'avais un amoureux ou un amant.

— Vous en aviez ?

— Non. Je sortais tout juste d'une école de secrétariat.

— Après combien de jours vous a-t-il fait la cour ?

— Il ne m'a pas fait la cour. Dès le lendemain, il m'a appelée près de lui, sous prétexte de me montrer des documents, et il m'a caressée.

« — Il faut que je me rende compte, a-t-il murmuré. »

— Ensuite ?

— Huit jours plus tard, il m'emmenait rue Fortuny.

— Les autres n'ont pas été jalouses ?

— Vous savez, elles y passaient toutes.

— Ici ?

— Ici ou ailleurs. C'est difficile à expliquer. Il faisait ça si naturellement qu'on ne pouvait pas lui en vouloir. Je n'en connais qu'une qui est entrée après moi et qui est partie le troisième jour en claquant la porte.

— Qui savait que le mercredi était votre jour ?

— Tout le monde, je pense. Je descendais en même temps que lui et je montais dans sa voiture. Il ne se cachait pas. Au contraire.

— Qui travaillait dans ce bureau avant vous ?

— Mme Chazeau. Elle est maintenant de l'autre côté du couloir. Elle a vingt-six ans et elle est divorcée.

— C'est une belle femme ?

— Oui. Elle a un très beau corps. On ne pourrait pas l'appeler la Sauterelle.

— Elle ne vous en veut pas ?

— Au début, elle me regardait avec un drôle de sourire. Elle s'attendait, je suppose, à ce qu'il en ait vite assez.

— Elle continuait à avoir des rapports avec lui ?

— Je le suppose, car il lui arrivait de rester après l'heure. On savait ce que cela voulait dire.

— Elle ne s'est jamais montrée amère ?

— Pas en ma présence. Je vous l'ai dit, elle paraissait plutôt se moquer de moi. Beaucoup de gens ne me prennent pas au sérieux. Même ma mère, qui me traite encore en petite fille.

— Elle n'aurait pas pu avoir envie de se venger ?

— Ce n'est pas son type. Elle voyait d'autres hommes. Elle sortait plusieurs soirs par semaine et, le lendemain, elle avait de la peine à se mettre au travail.

— La troisième ?

— Aline, la plus jeune en dehors de moi. Elle a vingt-deux ans et elle est très brune, un peu fantasque, un peu théâtrale. Ce matin, elle s'est évanouie ou elle a fait semblant et ensuite elle s'est mise à pleurer en gémissant.

— Elle était ici avant vous ?

— Oui. Elle travaillait dans un grand magasin

avant de lire l'annonce. Elles ont toutes été embauchées à la suite d'une annonce...

— Aucune n'était assez passionnée pour lui tirer dessus ?

Mme Blanche, de son guichet, avait entrevu, disait-elle, une silhouette d'homme entre deux voitures. Mais cela n'aurait-il pas pu être une femme ? Peut-être une femme en pantalon ? Il faisait sombre.

— Ce n'est pas le genre, répliqua la Sauterelle.

— Sa femme non plus ?

— Elle n'est pas jalouse. Elle a le genre de vie qui lui plaît. Il était, pour elle, un agréable compagnon.

— Agréable ?

Elle parut réfléchir.

— Quand on le connaissait, oui. Au premier abord, on le trouvait orgueilleux, agressif. Il jouait les grands patrons. Avec les femmes, il considérait son succès comme acquis. Quand on le connaissait mieux, on se rendait compte qu'il était peut-être plus naïf qu'il n'en avait l'air. Plus vulnérable aussi.

« — Qu'est-ce que tu penses de moi ? questionnait-il souvent, surtout après avoir fait l'amour.

« — Que voudriez-vous que je pense ?

« — Tu m'aimes ? Avoue que non.

« — Cela dépend de ce que vous entendez par là. Je me sens bien avec vous, si c'est ça que vous voulez savoir.

« — Si je me lassais de toi, qu'arriverait-il ?

« — Je ne sais pas. Il faudrait bien que je me résigne.

« — Et les autres, en face, qu'est-ce qu'elles disent ?

« — Rien. Vous les connaissez mieux que moi. »

— Et les hommes ? demanda Maigret.

— Ceux qui travaillent ici ? Il y a d'abord M. Leprêtre, dont je vous ai parlé. Il a été à son compte, jadis. Il n'était pas assez homme d'affaires pour réussir. Il a maintenant près de soixante ans. Il parle peu. Il connaît admirablement son métier et il travaille sans bruit.

— Marié ?

— Oui. Deux de ses enfants aussi. Il habite un pavillon tout au bout du quai, à Charenton, et il vient ici à vélo.

Dehors, le brouillard devenait légèrement rose, laissant deviner, au-delà, la présence du soleil, et la Seine fumait. Lapointe prenait quelques notes dans un calepin posé sur son genou.

— Quand il a fait de mauvaises affaires, est-ce que le Vin des Moines existait déjà ?

— Je crois que oui.

— Comment se comportait-il avec Chabut ?

— Il se montrait toujours respectueux mais il avait son quant-à-soi.

— Il leur arrivait de se disputer ?

— Jamais en ma présence et, comme j'étais presque toujours là...

— Si je vous comprends bien, c'est un homme renfermé ?

— Renfermé et triste. Je crois bien que je ne l'ai jamais vu rire et ses moustaches tombantes accentuent encore cet air de tristesse.

— Qui d'autre travaille dans la maison ?

— Le comptable, Jacques Riolle. C'est plutôt le caissier. Il a son bureau en bas. Il ne s'occupe que de certaines factures, de ce que nous appelons la petite caisse. Ce serait trop long de vous expliquer les rouages de l'affaire. La vraie facturation se fait avenue de l'Opéra, ainsi que le courrier avec les dépôts. Ici, on s'occupe surtout des achats, des rapports avec les viticulteurs qui montent périodiquement du Midi.

— Riolle n'est amoureux d'aucune d'entre vous ?

— S'il l'est, cela ne se voit pas. Vous en jugerez vous-même. Il a une quarantaine d'années et c'est un célibataire endurci, qui sent le rance. Il est timide, peureux, et il a plein de petites manies. Il vit dans une pension de famille du quartier Latin.

— Personne d'autre ?

— Dans les bureaux, non. En bas, dans les chais et à l'expédition, ils sont cinq ou six que je connais de nom et de vue mais avec qui je n'ai pour ainsi dire aucun rapport. Vous devez penser que nous sommes de drôles de gens, n'est-ce pas ? Si vous aviez connu le patron, vous trouveriez ça tout naturel.

— Il va vous manquer ?

— Oui. Je ne le cache pas.

— Il vous faisait des cadeaux ?

— Il ne m'a jamais donné d'argent. Il lui est arrivé de me faire cadeau d'une écharpe qu'il avait vue en passant devant un magasin.

— Que va-t-il se produire, à présent ?

— Je ne sais pas qui dirigera l'affaire. Il y a bien M. Louceck, avenue de l'Opéra, qui est une sorte de conseiller financier. C'est lui, entre autres, qui s'occupe des déclarations de revenus et des bilans. Seulement, il n'y connaît rien dans les vins.

— Et M. Leprêtre ?

— Je vous ai dit que c'était un mauvais homme d'affaires.

— Mme Chabut ?

— Je suppose que c'est elle qui hérite de tout. Je ne sais pas si elle prendra la place de son mari. Elle en est peut-être capable. C'est une femme qui sait ce qu'elle veut.

Il la regardait avec attention, surpris par le bon sens de cette gamine qu'aucune question ne prenait au dépourvu. Il y avait chez elle quelque chose de direct qui forçait la sympathie et, en voyant gesticuler son long corps maigre, on ne pouvait s'empêcher de sourire.

— Hier soir, je suis allé quai de la Tournelle.

— Voir le vieux ? Je vous demande pardon. J'aurais dû dire le père.

— Comment s'entendaient-ils ?

— Mal, autant que je sache.

— A cause de quoi ?

— Je ne sais pas. Cela doit dater d'il y a longtemps. Je crois que le père trouvait son fils trop dur, insensible. Il n'a jamais rien accepté de lui et je me demande si ce n'est pas par défi qu'il n'a pas encore remis son affaire, malgré son âge.

— Chabut en parlait quelquefois ?

— Rarement.

— Vous ne voyez rien à me dire ?

— Non.

— Vous avez d'autres amants ?

— Non. Il me suffisait largement.

— Vous continuerez à travailler ici ?

— Si on me garde.

— Où est le bureau de M. Leprêtre ?

— Au rez-de-chaussée. Les fenêtres donnent sur l'arrière-cour.

— Je passe un instant chez vos collègues.

Ici aussi les lampes étaient allumées et deux des jeunes filles tapaient à la machine tandis que la troisième, qui paraissait l'aînée, classait du courrier.

— Ne vous dérangez pas. Je suis le commissaire chargé de l'enquête et j'aurai sans doute l'occasion de vous voir personnellement. Ce que je voudrais savoir dès maintenant, c'est si aucune de vous n'a pas des soupçons.

Elles se regardèrent et Mlle Berthe, celle qui avait la trentaine et qui était boulotte, rougit légèrement.

— Vous avez une idée ? lui demanda-t-il.

— Non. Je ne sais rien. J'ai été aussi étonnée que les autres.

— Vous avez appris le meurtre par le journal ?

— Non. C'est en arrivant ici que...

— Vous ne lui connaissiez pas d'ennemis ?

Elles détournaient les yeux, se regardaient l'une l'autre.

— Il est inutile de vous gêner. J'ai beaucoup appris sur son genre de vie et en particulier sur ses rapports avec les femmes. Il pourrait s'agir d'un mari, ou d'un amant, voire d'une femme jalouse.

Personne ne semblait disposé à parler.

— Pensez-y. Le plus petit fait peut avoir de l'importance.

Ils descendirent, Lapointe et lui. Au rez-de-chaussée, Maigret poussa la porte du comptable qui répondait à la description qu'en avait faite la Sauterelle.

— Il y a longtemps que vous êtes dans la maison ?

— Cinq mois. Avant, je travaillais dans une maroquinerie des Grands Boulevards.

— Vous étiez au courant des amours de votre patron ?

Il rougit, ouvrit la bouche mais ne trouva rien à dire.

— Parmi les gens qu'il recevait ici, y en avait-il qui avaient des raisons de le haïr ?

— Pourquoi l'auraient-ils haï ?

— Il était très dur en affaires, non ?

— Ce n'était pas un sentimental.

Il regrettait déjà sa réponse, se demandant comment il avait pu se laisser aller à exprimer une opinion.

— Vous connaissez Mme Chabut ?

— Il lui arrivait de m'apporter les factures de ses fournisseurs. Autrement, elle me les envoyait par la poste. C'est une personne très aimable et très simple.

— Je vous remercie.

Encore un, le triste M. Leprêtre aux moustaches tombantes. Ils le trouvèrent dans son bureau qui était encore plus démodé et plus provincial que les autres. Assis devant une table peinte en noir sur laquelle il y avait des échantillons de vin, il regarda entrer les deux hommes avec méfiance.

— Je suppose que vous savez ce que nous faisons ici ?

Il se contenta de hocher la tête. Un côté de sa moustache pendait plus que l'autre et il fumait une pipe en écume qui répandait une forte odeur.

— Quelqu'un a eu une raison assez sérieuse pour tuer votre patron. Il y a longtemps que vous travaillez ici ?

— Treize ans.

— Vous vous entendiez bien, M. Chabut et vous ?

— Je ne me suis jamais plaint.

— Vous aviez toute sa confiance, n'est-ce pas ?

— Il n'avait confiance en personne qu'en lui.

— Il vous traitait néanmoins comme un de ses plus proches collaborateurs.

Le visage de Leprêtre n'exprimait aucun sentiment. Il portait sur la tête une étrange petite casquette et Maigret pensa que c'était pour cacher sa calvitie. En tout cas, il ne faisait pas mine de la retirer.

— Vous n'avez rien à me dire ?

— Non.

— Il ne vous a jamais confié que quelqu'un le menaçait ?

— Non.

C'était inutile d'insister et Maigret fit signe à Lapointe de le suivre.

— Merci.

— De rien.

Et Leprêtre se leva pour refermer la porte derrière eux.

-:-

C'est dans la voiture que le rhume de Maigret,

qui n'avait fait jusque-là que couver, se déclara soudain et, pendant plusieurs minutes, il se moucha au point d'en avoir le visage rouge et les yeux larmoyants.

— Excuse-moi, mon petit, murmura-t-il alors à l'adresse de Lapointe. Je le sentais venir depuis ce matin. Avenue de l'Opéra ! Nous avons oublié de demander le numéro.

Ils trouvèrent rapidement car de grandes lettres qui, le soir, devenaient lumineuses, annonçaient : « Vin des Moines. » L'immeuble, lourd et imposant, abritait d'autres affaires importantes, dont une banque étrangère et une société fiduciaire.

Au second étage, haut de plafond, ils se trouvèrent dans une vaste entrée dallée de marbre où, autour de guéridons chromés, des fauteuils de métal très modernes étaient vides pour la plupart. Sur les murs, trois affiches comme celles qu'on voyait dans les stations de métro. Elles représentaient un moine au visage réjoui, à la lèvre gourmande, qui s'apprêtait à boire un verre de vin.

Sur la première affiche, le vin était rouge, sur la seconde il était blanc et il était rosé sur la troisième.

Au-delà d'une cloison vitrée on apercevait un vaste bureau où travaillaient une trentaine de personnes, hommes et femmes et, au fond, une autre cloison vitrée permettait d'entrevoir d'autres bureaux. Tout était clair et abondamment éclairé, le matériel moderne, les meubles dernier cri.

Maigret s'approcha du guichet, dut tirer son mouchoir de sa poche au moment de parler à une jeune réceptionniste qui, sans impatience apparente, attendit qu'il eût fini de se moucher.

— Je vous demande pardon. Je voudrais voir M. Louceck.

— De la part de qui ?

Elle lui tendait un bloc sur lequel on lisait : « Nom et prénom. » Puis, sur une autre ligne : « Objet de la visite. »

Il se contenta d'écrire : Commissaire Maigret.

Elle disparut par une porte qui faisait face à la première fenêtre et resta absente un temps assez long. Après quoi elle sortit du grand bureau, les fit entrer dans une seconde salle d'attente plus intime que la première mais non moins moderne.

— M. Louceck va vous voir tout de suite. Il est au téléphone.

De fait ils n'attendirent pas longtemps. Une autre jeune fille, qui portait des lunettes, vint les chercher et les conduisit dans un vaste bureau qui donnait toujours la même impression de modernisme.

Un très petit homme se leva de son siège et tendit la main.

— Commissaire Maigret ?

— Oui.

— Stéphane Louceck. Asseyez-vous.

Maigret présenta son compagnon :

— L'inspecteur Lapointe.

— Asseyez-vous aussi, je vous en prie.

Il était très laid, d'une laideur peu sympathique. Son nez était long, bulbeux, avec de fines stries bleuâtres, et des poils bruns lui sortaient des narines et des oreilles. Quant à ses sourcils, larges de près de deux centimètres, ils étaient drus et embroussaillés. Son complet avait besoin d'un coup de fer et sa cravate devait être montée sur un appareil en celluloïd.

— Je suppose que vous venez au sujet du meurtre ?

— Cela va sans dire.

— J'attendais plus tôt quelqu'un de la police. Je ne lis jamais les journaux du matin car je me mets au travail de bonne heure et je n'ai appris la nouvelle que par un coup de téléphone de Mme Chabut.

— J'ignorais l'existence de ces bureaux et nous nous sommes rendus d'abord quai de Charenton. Si j'ai bien compris, c'est surtout là qu'Oscar Chabut travaillait.

— Il passait ici chaque jour. C'était un homme qui voulait tout voir par lui-même.

Son visage était neutre, sans expression, et sa voix elle-même n'avait aucune inflexion.

— Puis-je vous demander si vous lui connaissiez des ennemis ?

— Je ne lui en connaissais pas.

— C'était un homme important et, au cours de son ascension, il a dû se montrer dur vis-à-vis de certains.

— Je l'ignore.

— J'ai appris aussi qu'il était très porté sur les femmes.

— Je ne m'occupais pas de sa vie privée.

— Où était son bureau ?

— Ici, en face de moi.

— Il y venait avec sa secrétaire particulière ?

— Non. Le personnel de l'avenue de l'Opéra suffit.

Il ne se donnait pas la peine de sourire, ni d'exprimer un sentiment quelconque.

— Il y a longtemps que vous êtes avec lui ?

— Je travaillais pour lui alors que ces bureaux n'existaient pas encore.

— Quelle était, avant, votre profession ?

— Conseiller financier.

— Je suppose que vous vous occupiez de ses déclarations de revenus ?

— Entre autres.

— Est-ce vous qui, maintenant, allez le remplacer ?

Maigret dut se moucher à nouveau et il sentit la sueur perler à son front.

— Je vous demande pardon...

— Prenez votre temps. Il m'est difficile de répondre à votre question. L'affaire n'est pas en société anonyme mais, propriété de M. Chabut, elle devient, à défaut de testament contraire, la propriété de sa femme.

— Vous êtes en bons termes avec elle ?

— Je la connais peu.

— Vous étiez le bras droit d'Oscar Chabut ?

— Je m'occupais de la vente et des dépôts. Nous avons plus de quinze mille points de vente en France. Quarante employés travaillent ici et une vingtaine d'inspecteurs sillonnent la province. Quant au département de Paris et de la banlieue, il occupe d'autres bureaux au-dessus de ceux-ci. C'est là aussi qu'on dirige la publicité et les ventes à l'étranger.

— Combien de femmes dans votre personnel ?

— Pardon ?

— Je demande combien employez-vous de femmes ou de jeunes filles ?

— Je l'ignore.

— Qui les choisissait ?

— Moi.

— Oscar Chabut n'avait pas son mot à dire ?

— Pas ici, sur ce chapitre en particulier.

— Il ne faisait la cour à aucune ?

— Je ne me suis aperçu de rien de semblable.

— Si je comprends bien, vous êtes l'homme important de tous les services de vente ?

Il se contenta de répondre d'un battement de paupières.

— Il est donc probable que vous conserverez votre poste et qu'en outre vous prendrez la direction du quai de Charenton ?

Il ne broncha pas, resta impassible.

— Des membres du personnel pourraient-ils avoir à se plaindre de leur patron ?

— Je l'ignore.

— Je suppose que vous désirez voir le meurtrier arrêté ?

— C'est évident.

— Jusqu'ici, vous ne m'êtes pas très utile.

— Je le regrette.

— Que pensez-vous de Mme Chabut ?

— C'est une femme très intelligente.

— Vous vous entendiez bien avec elle ?

— Vous m'avez déjà posé une question à peu près semblable. Je vous ai répondu que je la connaissais peu. Elle ne mettait pratiquement pas les pieds ici et je ne fréquentais pas la place des Vosges. Je ne suis pas l'homme des dîners et des soirées en ville.

— Chabut avait une vie mondaine active ?
— Sa femme vous le dira mieux que moi.
— Vous savez s'il existe un testament ?
— Je l'ignore.
Maigret avait la tête qui lui tournait un peu et il sentait bien que cet entretien ne le mènerait nulle part. Louceck était décidé à se taire et il se tairait jusqu'au bout.
Le commissaire se leva.
— J'aimerais que vous me fassiez parvenir au quai des Orfèvres le nom et l'adresse de toutes les personnes qui travaillent ici ainsi que leur âge.
Louceck resta imperturbable et se contenta d'incliner légèrement la tête. Il avait appuyé sur un bouton et une jeune femme ouvrait la porte, prête à reconduire ses visiteurs jusqu'au palier. Avant de remonter en voiture, Maigret pénétra dans un bar et but un verre de rhum. Il espérait que cela lui ferait du bien. Lapointe se contenta d'un jus de fruit.
— Qu'est-ce que nous faisons ?
— Il est près de midi. Trop tard pour nous rendre place des Vosges. Rentrons au bureau. Nous mangerons ensuite un morceau à la brasserie Dauphine.
Il entra dans la cabine téléphonique, demanda son numéro boulevard Richard-Lenoir.
— C'est toi ? Qu'est-ce que tu as à déjeuner ? Non, je ne rentrerai pas mais garde-la moi pour ce soir. Je sais que j'ai la voix un peu cassée. Depuis une heure, je n'arrête pas de me moucher. A ce soir...
Il était d'assez mauvaise humeur.
— Tout le monde avait plus ou moins de raisons

de souhaiter sa disparition. Cependant, une seule personne a poussé son envie jusqu'au bout et lui a tiré dessus. Les autres sont innocents mais, tout innocents qu'ils soient, on dirait qu'ils essayent de nous mettre des bâtons dans les roues plutôt que de nous aider. Sauf peut-être cette drôle de Sauterelle qui ne pèse pas chacune de ses phrases et qui semble répondre sincèrement aux questions. Qu'est-ce que tu penses d'elle ?

— Elle est drôle, comme vous dites. Elle regarde la vie bien en face et ne s'en laisse pas conter.

Le rapport du médecin légiste était sur le bureau de Maigret. Il comportait plus de quatre pages bourrées de termes techniques et deux croquis montrant l'impact des balles. Deux avaient atteint l'abdomen, une la poitrine et la quatrième avait pénétré un peu plus bas que l'épaule.

— Pas de téléphone pour moi ?

Il se tourna vers Lucas.

— Tu as envoyé le rapport au cabinet du procureur ?

Il s'agissait de l'interrogatoire de Stiernet.

— Dès ce matin à la première heure. Je suis même descendu le voir au Dépôt.

— Comment est-il ?

— Paisible. Je dirais même serein. Cela ne le gêne pas d'être enfermé et il ne se fait pas de mauvais sang.

Un peu plus tard, Maigret et Lapointe pénétraient à la brasserie Dauphine. Il y avait deux avocats en robe ainsi que trois ou quatre inspecteurs qui n'appartenaient pas à la brigade de Maigret mais qui le saluèrent. Ils passèrent dans la salle à manger.

— Qu'avez-vous, aujourd'hui ?

— Vous allez être content : de la blanquette de veau.

— Qu'est-ce que vous pensez du vin des Moines ?

Le patron haussa les épaules.

— Ce n'est pas plus mauvais que le vin qu'on vendait autrefois au litre. Un mélange de différents vins du Midi et de vin d'Algérie. Les gens, aujourd'hui, préfèrent une bouteille avec une étiquette et un nom plus ou moins ronflant.

— Vous en tenez ?

— Non, bien sûr. Je vous sers un petit Bourgueil ? Il ira parfaitement avec la blanquette.

L'instant d'après Maigret tirait son mouchoir de sa poche.

— Ça y est ! Dès que je me trouve dans une pièce chauffée, cela commence.

— Pourquoi n'allez-vous pas vous coucher ?

— Tu te figures que je me reposerais ? Je n'arrête pas de penser à ce Chabut. On dirait qu'il a tout fait pour nous compliquer la vie.

— Que pensez-vous de sa femme ?

— Encore rien. Hier soir, je l'ai trouvée séduisante et très maîtresse d'elle-même, en dépit des événements. Peut-être un peu trop maîtresse d'elle-même. Il semble que, vis-à-vis de son mari, elle se faisait protectrice. La femme indulgente. Nous la verrons tout à l'heure. Peut-être me fera-t-elle changer d'avis. Je me méfie toujours des êtres trop parfaits.

La blanquette était onctueuse à point, la sauce d'un jaune doré, très parfumée. Ils prirent chacun une poire, puis du café et, peu après deux heures, ils pénétraient dans l'immeuble de la place des Vosges.

La même femme de chambre que la veille vint leur ouvrir et les fit asseoir dans le hall pendant qu'elle allait prévenir sa patronne.

Quand elle revint, elle ne les conduisit pas dans le salon mais, plus loin, dans un boudoir où Jeanne Chabut ne tarda pas à les rejoindre.

Elle portait une robe noire très simple mais merveilleusement coupée sur laquelle ne tranchait aucun bijou.

— Asseyez-vous, messieurs. Je suis allée là-bas ce matin et je n'ai pas pu toucher à mon déjeuner.

— Je suppose qu'ils vont ramener le corps ?

— Cet après-midi à cinq heures. J'attends, avant cela, le représentant des pompes funèbres afin de savoir où l'on installera la chapelle ardente. Sans doute dans cette pièce, car le salon est trop grand.

Le boudoir, éclairé par une fenêtre très haute qui descendait presque jusqu'au plancher, était clair et gai comme le reste de l'appartement, avec une note un peu plus féminine.

— C'est vous qui avez choisi les meubles et les tentures ?

— Je me suis toujours intéressée à la décoration. J'aurais voulu devenir décoratrice. Mon père est libraire rue Jacob. Ce n'est pas loin des Beaux-Arts et c'est le quartier des antiquaires.

— Comment se fait-il que vous soyez devenue dactylo ?

— Parce que je voulais être indépendante. Je pensais que je pourrais suivre des cours du soir mais je me suis rendu compte que c'était impossible. Ensuite, j'ai rencontré Oscar.

— Vous êtes devenue sa maîtresse ?

— Le premier soir. Avec lui, cela ne doit pas vous étonner.

— C'est lui qui a proposé de vous épouser ?

— Vous me voyez le lui demander ? Il était sans doute fatigué de vivre seul dans un petit hôtel où il préparait ses repas sur une lampe à alcool. Il gagnait très peu à cette époque.

— Vous avez continué à travailler ?

— Les deux premiers mois. Ensuite, il n'a plus voulu. Cela peut paraître étrange, mais il était très jaloux.

— Fidèle ?

— Je le croyais.

Maigret l'observait et éprouvait un certain malaise, comme s'il sentait confusément que quelque chose clochait. Son visage était beau, mais les traits restaient trop immobiles, comme si elle était passée entre les mains d'un spécialiste de la chirurgie esthétique.

Les yeux ne cillaient presque pas. Ils étaient grands, d'un bleu clair, et elle les écarquillait comme pour les faire paraître plus innocents encore.

Il dut se moucher et, pendant ce temps, elle garda le silence.

— Je vous demande pardon.

— J'ai pensé à la liste que vous m'avez demandée et je me suis efforcée de vous l'établir.

Elle alla chercher une feuille de papier à lettres sur un bureau Louis XV. Elle avait une grande écriture ferme, sans fioritures.

— Je n'ai retenu que les noms de ceux dont la femme a probablement eu des rapports intimes avec mon mari.

— Vous n'avez pas de certitude ?

— Pour la plupart, non. Mais, à sa façon de parler d'elles et de se comporter quand nous donnions une soirée, j'étais assez vite renseignée.

Il lisait les noms à mi-voix.

— Henry Legendre.

— Industriel. Il fait la navette entre Paris et Rouen. Marie-France est sa seconde femme et elle a quinze ans de moins que lui.

— Jaloux ?

— Je le crois. Mais elle est beaucoup plus futée que lui. Ils ont une propriété à Maisons-Laffitte où ils reçoivent tous les week-ends.

— Vous y êtes allés ?

— Une seule fois, car nous recevions le dimanche aussi dans notre villa de Sully-sur-Loire. L'été, nous allions à Cannes, où nous possédons les deux derniers étages d'un immeuble neuf, près du Palm Beach, ainsi que le toit que nous avons aménagé en une sorte de jardin...

— Pierre Merlot, lut-il.

— L'agent de change. Lucile, sa femme, est une petite blonde au nez pointu qui, passé la quarantaine, conserve des airs de gamine. Cela a dû amuser Oscar.

— Le mari a été au courant ?

— Certainement pas. Son mari est un bridgeur enragé et, lorsque nous avions une soirée, ils étaient toujours quelques-uns à s'enfermer dans cette pièce pour jouer.

— Votre mari ne jouait pas ?

— Pas à ce genre de jeu.

Elle souriait vaguement.

— Jean-Luc Caucasson. L'éditeur d'art. Il a épousé un jeune modèle assez mal embouché qui est drôle comme tout.

— Maître Poupard. L'avocat d'assises ?

C'était un des maîtres du Barreau et on lisait souvent son nom dans les journaux. Sa femme était américaine et possédait une grosse fortune.

— Il ne s'est douté de rien ?

— Il lui arrive assez souvent de plaider en province. Ils ont un splendide appartement dans l'île Saint-Louis.

— Xavier Thorel. S'agit-il du ministre ?

— Oui. Xavier est un charmant ami.

— Vous dites cela comme s'il était particulièrement votre ami à vous.

— Je l'aime beaucoup. Quant à Rita, elle se jette au cou de tous les hommes.

— Il le sait ?

— Il se résigne. Plus exactement il lui rend la pareille.

D'autres noms, d'autres prénoms, un architecte, un médecin, Gérard Aubin, de la banque Aubin et Boitel, un grand couturier de la rue François-Ier.

— La liste pourrait être plus longue, car nous connaissons beaucoup de gens, mais j'ai choisi les personnes avec qui je suis à peu près certaine qu'Oscar a eu des relations intimes.

Elle questionna soudain :

— Vous êtes allé voir son père ?

— Oui.

— Qu'est-ce qu'il vous a dit ?

— Il m'a semblé que ses rapports avec son fils étaient plutôt froids.

— Seulement depuis qu'Oscar s'est mis à gagner beaucoup d'argent. Il a voulu que son père abandonne son bistrot et il lui a offert de lui acheter une belle propriété à Sancerre, non loin de la ferme où le vieux est né. Ils se sont mal compris tous les deux. Désiré a pensé qu'on essayait de se débarrasser de lui.

— Et votre père à vous ?

— Il tient toujours sa librairie et ma mère vit à l'entresol d'où elle ne peut plus bouger car elle marche difficilement et son cœur est devenu fragile.

La femme de chambre frappa à la porte, entra.

— C'est le monsieur des pompes funèbres.

— Dites-lui que je viens tout de suite.

Et, tournée vers les deux hommes :

— Je dois vous demander de m'excuser. Je vais être fort occupée les prochains jours. Cependant, si vous découvrez du nouveau ou si vous avez besoin d'un renseignement, n'hésitez pas à me déranger.

Elle leur souriait d'un sourire diffus, machinal et, d'une démarche souple, les conduisait jusqu'à la porte.

Dans le hall, ils rencontrèrent l'employé des pompes funèbres qui reconnut Maigret et le salua respectueusement.

Le brouillard, qui s'était en grande partie dissipé au milieu de la journée, se rétablissait peu à peu et estompait les images.

Quant à Maigret, il se mouchait une fois de plus en grommelant Dieu sait quoi.

CHAPITRE III

MAIGRET N'AVAIT jamais été à l'aise dans un certain milieu, dans une certaine bourgeoisie opulente au contact de laquelle il se sentait gauche et emprunté. Ces gens de la liste que Jeanne Chabut lui avait remise, par exemple, appartenaient tous plus ou moins à un même cercle qui avait ses règles, ses coutumes, ses tabous, son langage. Ils se retrouvaient au théâtre, au restaurant, dans les boîtes de nuit puis, le dimanche, dans des maisons de campagne qui se ressemblaient et, l'été, à Cannes ou à Saint-Tropez.

Oscar Chabut, à la carcasse plébéienne, s'était hissé à la force du poignet jusqu'à ce petit monde et, pour se convaincre qu'il y était admis, il éprouvait le besoin de coucher avec la plupart des femmes.

— Où allons-nous, patron ?

— Rue Fortuny.

Il était tassé sur son siège et, sans gaieté, il regardait vaguement le défilé des rues et des boulevards. Les lampadaires étaient allumés, la plupart des fenêtres éclairées. En outre, il y avait des guirlandes lumineuses d'un trottoir à l'autre, des sapins dorés ou argentés, des arbres de Noël dans les étalages.

Le froid, le brouillard n'empêchaient pas la foule d'envahir les rues, de passer d'une vitrine à l'autre, de faire la queue dans les magasins. Il se demanda ce qu'il allait offrir à Mme Maigret mais il ne trouva rien. Il passait son temps à se moucher et il avait hâte de se mettre au lit.

— Quand nous serons allés là-bas, je te remettrai la liste et tu t'arrangeras pour savoir où chacun se trouvait mercredi vers neuf heures.

— Je dois les interroger ?

— Seulement si tu ne trouves pas le renseignement autrement. En parlant aux chauffeurs ou aux domestiques, par exemple, tu as des chances de savoir.

Le pauvre Lapointe n'était pas enchanté de la tâche qu'on lui confiait.

— Vous croyez que c'est l'un d'entre eux ?

— Cela peut être n'importe qui. Cet Oscar devait se rendre insupportable à tout le monde, aux hommes en tout cas. Tu peux m'attendre dans la voiture. Je n'en ai que pour quelques minutes.

Il sonna à la porte de l'hôtel particulier et, sans qu'on eût entendu de bruit de pas, le judas ne tarda pas à s'entrouvrir. Mme Blanche le fit entrer à contrecœur.

— Qu'est-ce que vous me voulez encore ? A cette heure-ci, j'attends des clients et il serait préférable que la police ne se montre pas dans la maison.

— Voulez-vous regarder cette liste ?

Ils étaient tous les deux dans le grand salon où

deux lampes seules étaient éclairées. Elle alla chercher ses lunettes sur le piano à queue, parcourut des yeux la liste de noms.

— Qu'est-ce que vous attendez de moi ?

— Que vous me disiez si, parmi ces gens-là, il y a de vos clients.

— D'abord, je vous ai déjà dit que je les connais surtout par leur prénom et que les noms de famille ne sont jamais prononcés.

— Comme je vous connais, vous n'en savez pas moins tout sur leur compte.

— Nous occupons une position confidentielle, comme un médecin ou un avocat, et je ne vois pas pourquoi nous ne bénéficierions pas, nous aussi, du secret professionnel.

Après avoir écouté patiemment, il murmura sans élever la voix :

— Répondez.

Et elle savait bien qu'elle n'aurait pas le dernier mot avec lui.

— Il y en a deux ou trois.

— Lesquels ?

— M. Aubin, Gérard Aubin, le banquier. Il appartient à la haute finance protestante et il prend d'énormes précautions pour que rien ne se sache.

— Il vient souvent ?

— Deux ou trois fois par mois.

— Il amène quelqu'un avec lui ?

— La dame arrive toujours la première.

— Chaque fois la même ?

— Oui.

— Il ne lui est pas arrivé de rencontrer Chabut dans le couloir ou dans l'escalier ?

— Je veille à ce que ça ne se produise pas.

— Il peut l'avoir aperçu sur le trottoir, ou avoir reconnu sa voiture. Sa femme est déjà venue aussi ?

— Avec M. Oscar, oui.

— Qui donc connaissez-vous encore ?

— Marie-France Legendre, la femme de l'industriel.

— Elle est venue souvent ?

— Quatre ou cinq fois.

— Toujours avec Chabut ?

— Oui. Je ne connais pas son mari. Il est possible qu'il fréquente la maison sous un autre nom. C'est ce que font certains clients. Le ministre, par exemple, André Thorel. Il me téléphone à l'avance pour que je lui procure une jeune femme, de préférence un mannequin ou un modèle. Il se fait appeler M. Louis mais, comme sa photo paraît souvent dans les journaux, tout le monde le reconnaît.

— Y en a-t-il qui viennent de préférence le mercredi ?

— Non. Ils n'ont pas de jour.

— Mme Thorel compte-t-elle parmi les maîtresses d'Oscar Chabut ?

— Rita ? Elle est venue aussi bien avec lui qu'avec d'autres. C'est une petite brune aguichante qui ne peut pas se passer d'hommes. Je ne suis pas sûre que ce soit par tempérament. Elle a surtout besoin qu'on s'occupe d'elle.

— Je vous remercie.

— Vous en avez fini avec moi ?

— Je ne sais pas.

— Si vous devez revenir, soyez gentil de me passer un coup de fil, afin que j'évite des rencontres qui me feraient beaucoup de tort. Je vous remercie de ne pas avoir parlé de moi aux journalistes.

Maigret regagna sa voiture. Il n'était guère plus avancé qu'avant sa visite mais, faute d'un point de départ, il était bien obligé de chercher dans tous les sens.

— Et maintenant, patron ?

— Chez moi.

Il avait le front chaud, les yeux qui picotaient, et il ressentait une douleur à l'épaule gauche.

— Bon courage, vieux. Tu as la liste ? Passe au Quai pour la faire photostater, que nous n'ayons pas à la redemander à Jeanne Chabut.

Mme Maigret s'étonna de le voir rentrer en avance.

— Tu as l'air très enrhumé. C'est pour cela que tu es revenu si tôt ?

Son visage était couvert comme d'une buée.

— Je me demande si je ne suis pas en train de commencer une grippe. Ce ne serait pas le moment

— C'est une drôle d'histoire, non ?

La plupart du temps, comme cette fois encore, c'est par les journaux ou par la radio qu'elle apprenait de quelle affaire Maigret s'occupait.

— Un instant. J'ai un coup de téléphone à donner.

Il appela la rue Fortuny, Mme Blanche répondit d'abord d'une voix suave.

— Ici, Maigret. J'ai oublié, tout à l'heure, de vous poser une question. Est-ce que Chabut vous téléphonait avant d'aller chez vous ?

— Certaines fois oui, d'autres fois non.

— A-t-il téléphoné mercredi ?

— Non. C'était inutile, puisqu'il venait à peu près tous les mercredis.

— Qui le savait ?

— Personne ici.

— Sauf votre femme de chambre.

— C'est une jeune Espagnole qui comprend à peine le français et qui est bien incapable de retenir les noms...

— Pourtant, quelqu'un était au courant, quelqu'un qui savait vers quelle heure Chabut sortait de chez vous et qui a attendu dehors malgré le froid.

— Excusez-moi de raccrocher mais on sonne à la porte.

Il se déshabilla, passa son pyjama, sa robe de chambre et s'assit au salon, dans son fauteuil de cuir.

— Ta chemise est détrempée. Tu ferais mieux de prendre ta température.

Elle alla lui chercher le thermomètre dans la salle de bains et il le garda cinq minutes à la bouche.

— Combien ?

— 38°4.

— Pourquoi ne te couches-tu pas tout de suite ? Tu ne préfères pas que je passe un coup de fil à Pardon ?

— Si tous ses clients devaient le déranger pour une petite grippe !

Il détestait déranger les médecins, à plus forte raison son vieil ami Pardon qui finissait si rarement un repas en paix.

— Je vais te préparer le lit.

— Un instant. Tu m'as gardé de la choucroute ?

— Tu ne vas quand même pas en manger ?

— Pourquoi pas ?

— C'est lourd. Tu n'es pas bien.

— Réchauffe-la-moi quand même. N'oublie pas le petit salé.

Il en revenait toujours au même point. Quelqu'un savait que Chabut serait ce mercredi-là rue Fortuny. Il était improbable qu'il l'ait suivi. D'abord, il est difficile de suivre quelqu'un à Paris, surtout en voiture. Ensuite, le marchand de vins était arrivé vers sept heures en compagnie de la Sauterelle.

Pouvait-on croire que le meurtrier avait attendu près de deux heures dehors, dans la bise, et sans se faire remarquer ? Il ne devait d'ailleurs pas être venu en voiture puisque, son coup fait, il s'était précipité vers la station de métro Malesherbes.

Tout cela était assez désordonné dans sa tête et il devait faire un effort pour réfléchir.

— Qu'est-ce que tu boiras ?

— De la bière, bien entendu. Avec la choucroute, je ne vois pas ce que je boirais d'autre.

Il s'était cru plus d'appétit qu'il n'en avait réellement et il ne tarda pas à repousser son assiette. Cela ne lui ressemblait pas de se coucher à six heures et demie du soir mais il le fit quand même. Mme Maigret lui apporta deux aspirines.

— Qu'est-ce que tu pourrais prendre d'autre ? Il me semble que la dernière fois, il y a trois ans, Pardon t'avait ordonné un médicament qui t'a fait beaucoup de bien.

— Je ne m'en souviens pas.

— Tu ne veux vraiment pas que je lui téléphone ?

— Non. Ferme les rideaux et éteins la lumière.

Après dix minutes, déjà, il transpirait abondamment et ses pensées devenaient floues. Un peu plus tard, il dormait.

La nuit lui parut longue. Il se réveilla plusieurs fois, le nez bouché, la respiration difficile. Il restait alors un certain temps dans une demi-conscience et, presque chaque fois, il entendait ou croyait entendre la voix de sa femme.

Une fois, il la trouva debout devant le lit. Elle tenait un pyjama propre.

— Il faut que tu en changes. Tu es tout mouillé. Je me demande si je ne ferais pas mieux de changer les draps aussi.

Il se laissa faire, l'œil vague. Puis il se trouva dans une église qui ressemblait au salon de Mme Blanche, en beaucoup plus grand. Le long d'une allée centrale des couples se suivaient comme à un mariage. Quelqu'un jouait du piano mais c'était une musique d'orgues qu'on entendait.

Il avait une mission à accomplir, il ne savait pas laquelle, et Oscar Chabut le regardait d'un air goguenard. A mesure que les couples défilaient, il saluait des femmes en les appelant par leur prénom.

Il lui arriva encore de s'éveiller à moitié et il fut soulagé de voir enfin la chambre baigner dans une lumière grisâtre et de sentir l'odeur de café qui venait de la cuisine.

— Tu es éveillé ?

Il ne transpirait plus. Il était las, mais il ne ressentait aucun malaise.

— Tu m'apportes mon café ?

Il lui semblait qu'il y avait très longtemps qu'il n'avait bu d'aussi bon café. Il le savourait à petites gorgées.

— Passe-moi ma pipe et mon tabac, veux-tu ? Quel temps fait-il ?

— Un peu brumeux, mais beaucoup moins qu'hier. Le soleil ne tardera pas à sortir.

C'était rare, mais il lui arrivait, enfant, de se porter malade parce qu'il ne savait pas ses leçons. N'était-ce pas un peu le même cas ? Non, puisqu'il avait eu de la température.

Avant de lui donner sa pipe, Mme Maigret lui tendit le thermomètre. Il le glissa docilement sous la langue.

— 36°5. En dessous de la normale.

— Après tout ce que tu as transpiré.

Il fuma, but une seconde tasse de café.

— J'espère que tu vas prendre au moins une journée de repos ?

Il ne répondit pas tout de suite. Il hésitait. Il se sentait bien, au creux de son lit, surtout maintenant qu'il n'avait plus mal à la tête. Lapointe était occupé à établir un alibi pour chacun des hommes de la liste.

C'était décourageant. L'enquête marquait le pas. Il s'en irritait d'autant plus qu'il avait l'impression que c'était sa faute, que la vérité était à portée de sa main, qu'il lui suffirait d'y penser.

— Il y a du nouveau dans les journaux ?

— On prétend que tu es sur une piste.

— C'est exactement le contraire de ce que je leur ai dit.

A neuf heures, il avait bu trois grandes tasses de

café et la chambre était bleue de la fumée de sa pipe.

— Qu'est-ce que tu fais ?

— Je me lève.

— Tu veux sortir ?

— Oui.

Elle n'insista pas, sachant que cela ne servirait à rien.

— Tu veux que je téléphone au Quai pour demander qu'un des inspecteurs vienne te chercher avec une voiture ?

— C'est une bonne idée. Lapointe ne doit pas être là. Demande si Janvier est libre. Non. J'oubliais qu'il est sur une affaire. Lucas, lui, doit être disponible.

Il se sentait moins bien debout que couché et il ressentait un peu de vertige. Sa main tremblait tandis qu'il se rasait et il se coupa légèrement.

— J'espère que tu pourras venir déjeuner ? A quoi cela t'avancerait-il de tomber sérieusement malade ?

Elle avait raison, mais c'était plus fort que lui. Ce fut sa femme qui lui noua sa grosse écharpe autour du cou et il descendit l'escalier tandis que, du palier, elle le suivait des yeux.

— Bonjour, Lucas. Le grand patron ne m'a pas fait demander ?

— Je lui ai dit qu'hier au soir vous ne vous sentiez pas bien.

— Rien de nouveau ?

— Lapointe a passé toute la soirée à chasser. Ce matin, il est déjà dehors avec sa liste. Où désirez-vous que je vous conduise ?

— Quai de Charenton.

Les lieux lui paraissaient déjà familiers et il monta tout de suite à l'étage, suivi d'un Lucas pour qui le décor était nouveau. Il frappa à la porte, la poussa, trouva la Sauterelle qui, dans son coin, tapait à la machine.

— C'est encore moi. Je vous présente l'inspecteur Lucas, mon plus ancien collaborateur.

— Vous avez l'air fatigué.

— Je le suis. J'ai quelques questions importantes, surtout une, à vous poser.

Il s'assit à la place de Chabut, devant le bureau à cylindre.

— Qui savait que, mercredi, votre patron et vous iriez rue Fortuny ?

— Ici ?

— Ici ou ailleurs.

— Ici, tout le monde. Oscar était le contraire d'un homme discret. Dès qu'il avait une nouvelle maîtresse, il avait envie de le faire savoir au monde entier.

— Vous quittiez le bureau en même temps que lui ?

— Oui. Et nous entrions ensemble dans sa voiture, qui est assez voyante.

— Cela se répétait à peu près tous les mercredis ?

— A peu près.

— M. Louceck était au courant ?

— Je l'ignore. Il ne venait que très rarement ici. C'est le patron qui, chaque jour, passait une heure ou deux avenue de l'Opéra.

— Voulez-vous me donner son emploi du temps ?

— Je peux faire une moyenne, car ce n'était pas

nécessairement tous les jours le même programme. Le plus souvent, il partait de chez lui vers neuf heures du matin, au volant de la Jaguar, laissant le chauffeur et la Mercédès à la disposition de sa femme. Il s'arrêtait d'abord quai de Bercy, où il allait jeter un coup d'œil dans les entrepôts où se font les mélanges et la mise en bouteille.

— Qui dirige ce travail-là ?

— En principe, cela se passe sous la surveillance de M. Leprêtre, qui fait la navette, mais il y a une sorte de sous-directeur qui, je crois, est de Sète.

— Il vient ici aussi ?

— Rarement.

— Il est au courant de vos relations avec le patron ?

— C'est possible qu'on lui en ait parlé.

— Il ne vous a jamais fait la cour ?

— Je crois qu'il ne m'a jamais remarquée.

— Bon. Ensuite ?

— Vers dix heures, M. Chabut arrivait ici et dépouillait son courrier. S'il avait un ou plusieurs rendez-vous, je le lui rappelais. Il recevait souvent des fournisseurs qui montaient du Midi.

— Quelle était son attitude vis-à-vis de vous ?

— Cela dépendait des jours. Certains matins, il s'apercevait à peine de ma présence. D'autres fois, il me disait :

« — Viens ici.

« Et il me soulevait la jupe. Il ne se préoccupait pas de ce que la porte n'était pas fermée à clef et nous faisions l'amour sur un coin du bureau. »

— Vous n'avez jamais été surpris ?

— Deux ou trois fois par une des dactylos et

une fois par M. Leprêtre. Les dactylos n'étaient pas étonnées, car il leur arrivait la même chose.

— A quelle heure partait-il ?

— Quand il rentrait déjeuner chez lui, vers midi. Quand il déjeunait en ville, ce qui lui arrivait assez souvent, vers midi et demi.

— Où mangez-vous ?

— A deux cents mètres d'ici, sur le quai. Il y a un petit restaurant où la cuisine n'est pas mauvaise.

— L'après-midi ?

Le brave Lucas écoutait tout cela avec étonnement et regardait la Sauterelle des pieds à la tête sans fort bien comprendre son attitude.

— Presque chaque jour, il passait avenue de l'Opéra où il restait jusqu'à quatre heures environ. Il partage un bureau avec M. Louceck.

— Il a des aventures, là aussi ?

— Je ne crois pas. C'est un secteur tout à fait différent et il y règne une autre atmosphère. En outre, je crois qu'il aurait été gêné devant M. Louceck. Celui-ci est le seul dont il semblait avoir un peu peur. Peur est un mot exagéré. Mais il ne le traitait pas comme les autres et je crois qu'il ne l'a jamais engueulé.

— Vers quatre heures, il revenait ici ?

— Entre quatre heures et quatre heures et demie. Il consacrait un temps plus ou moins long à M. Leprêtre. Il lui arrivait d'aller assister au déchargement d'une péniche. Puis il montait, sonnait une des dactylos et lui dictait du courrier.

— Il ne vous en dictait pas à vous ?

— Rarement, ou alors des lettres personnelles. Il avait besoin de quelqu'un dans son bureau, une personne sans importance devant qui il pouvait penser à voix haute. Ce rôle-là, c'était le mien. Je n'aurais pas travaillé du tout que cela aurait été la même chose.

— Départ à quelle heure ?

— Six heures, en principe, à moins qu'il n'ait envie de rester un peu avec moi ou avec une des autres filles.

— Il ne passait jamais la soirée avec vous ?

— Seulement le mercredi, jusqu'à neuf heures environ.

— Vous sortiez toujours la deuxième de chez Mme Blanche ?

— Non. Il nous arrivait de sortir ensemble et il me reconduisait même jusqu'à la rue Caulaincourt, à cent mètres de chez moi. Mercredi, il était pressé et je lui ai dit de ne pas m'attendre.

— Continuez à y penser. Essayez de savoir qui était au courant de vos visites rue Fortuny.

Après s'être mouché, il remit son chapeau sur la tête. Mme Maigret avait eu raison : le soleil s'était levé et faisait miroiter la Seine.

— Viens, Lucas. Merci, mademoiselle.

***

Au moment où la voiture tournait pour pénétrer dans la cour de la P. J. le regard de Maigret croisa celui d'un homme qui se tenait debout près du parapet du quai. Ce fut très bref. Sur le moment, le commissaire n'y attacha pas d'importance, d'autant moins que l'instant d'après l'homme se dirigeait en traînant un peu la jambe vers la place Dauphine.

— Tu l'as remarqué ? demanda-t-il plus tard à Lucas.

— Qui ?

— Un homme vêtu d'une gabardine. Il était debout en face du portail, et il regardait les fenêtres. Puis, quand nous sommes arrivés à sa hauteur, il m'a dévisagé. Je suis sûr qu'il m'a reconnu.

— Un clochard ?

— Non. Il était rasé et portait des vêtements décents. Par exemple, il ne doit pas avoir chaud dans sa gabardine.

Arrivé dans son bureau, Maigret pensait encore à l'inconnu et il alla machinalement regarder par la fenêtre. Il n'était plus sur le quai, bien entendu.

Il cherchait ce qui l'avait tellement frappé chez cet homme et finissait par se demander si ce n'était pas l'intensité de son regard. C'était le regard pathétique d'un être face à un grave problème ou à la souffrance.

Fallait-il croire à une sorte d'appel au commissaire ?

Il haussa les épaules, bourra une pipe et s'assit à son bureau. Il continuait, sans raison apparente, à avoir soudain le visage en sueur et il était obligé de s'éponger.

Il avait promis à Mme Maigret de rentrer pour le déjeuner et il avait oublié de lui demander ce qu'il y aurait à manger. Il aimait le savoir dès le matin, de façon à s'en réjouir à l'avance.

La sonnerie du téléphone se fit entendre et il décrocha.

— Une communication pour vous, monsieur le commissaire. Votre correspondant ne veut pas dire son nom ni la raison de son appel. Vous prenez quand même ?

— Je prends. Allô !...

— Le commissaire Maigret ? questionna une voix un peu assourdie.

— C'est moi-même.

— Je voulais seulement vous dire de ne pas vous en faire pour le marchand de vins. C'était une ignoble crapule.

Maigret questionna :

— Vous le connaissiez bien ?

Mais l'homme, à l'autre bout du fil, avait déjà raccroché. Le commissaire raccrocha à son tour en regardant rêveusement l'appareil. C'était peut-être ce qu'il attendait depuis la mort de Chabut : un point de départ.

Ce coup de téléphone ne lui apprenait rien, certes, sinon que quelqu'un, dans cette affaire, vraisemblablement le meurtrier, était de ceux qui ne peuvent rester dans l'anonymat complet. Alors ils écrivent, ou bien ils téléphonent. Ce ne sont pas nécessairement des fous.

Il avait connu plusieurs cas du même genre et, dans un des cas au moins, le criminel n'avait eu de cesse qu'il ne se fasse prendre.

La tête lourde, il dépouilla son courrier, signa des rapports et d'autres pièces administratives qui lui donnaient presque autant de travail que les enquêtes.

A midi, il marcha jusqu'au boulevard du Palais et pénétra après une courte hésitation dans le café du coin. Il avait la bouche pâteuse et il se demandait ce qu'il allait boire. Parce que la veille il avait pris un verre de rhum il en commanda un. En réalité il en but deux, car le verre était petit.

Un taxi le ramena chez lui où il gravit lentement l'escalier pour trouver, une fois en haut, la porte qui s'ouvrait et sa femme qui l'observait en questionnant :

— Comment vas-tu ?

— Mieux. Sauf qu'il m'est arrivé deux ou trois fois de me mettre tout à coup à transpirer. Qu'est-ce qu'il y a à manger ?

Il retirait son manteau, son écharpe, son chapeau et il pénétrait dans le living-room.

— Du foie de veau à la bourgeoise.

C'était un de ses plats favoris. Il s'assit dans son fauteuil, jeta un coup d'œil aux journaux tout en pensant à autre chose.

Est-ce que l'homme qui lui avait téléphoné n'était pas celui qu'il avait remarqué un peu plus tôt sur le quai, face à l'entrée de la P.J. ?

Il fallait attendre qu'il appelle à nouveau. Peut-être même téléphonerait-il ici car les journaux avaient souvent parlé de son appartement du boulevard Richard-Lenoir. En outre, presque tous les chauffeurs de taxi connaissaient son adresse.

— A quoi penses-tu ? questionna Mme Maigret tout en mettant la table.

— A un type que j'ai rencontré tout à l'heure. Nos regards se sont croisés et j'ai maintenant l'impression qu'il voulait me faire parvenir une sorte de message.

— Dans un regard ?

— Pourquoi pas ? J'ignore si c'est lui qui m'a téléphoné un peu plus tard pour me dire que Chabut était une ignoble crapule. Ce sont ses propres termes. On a raccroché avant que j'aie pu poser une question.

— Tu espères qu'il t'appellera à nouveau ?

— Oui. Ils le font presque toujours. Cela les excite de jouer avec le feu. A moins que ce ne soit qu'un pauvre détraqué qui ne connaît de l'affaire que ce que les journaux en ont dit. Cela arrive aussi.

— Tu ne veux pas que je mette la télévision ?

Ils mangèrent presque en silence car Maigret en revenait automatiquement à son enquête et à ses personnages.

— Tu en a pris assez pour que nous en mangions froid demain comme hors-d'œuvre ?

C'était encore froid, le lendemain, qu'il préférait le foie de veau. Comme dessert, il mangea des noix, des figues et des amandes. Il n'avait bu que deux verres de bordeaux mais il ne se sentait pas moins engourdi et il alla s'asseoir dans son fauteuil, près de la fenêtre.

Il ferma les yeux et pendant un temps assez long il resta comme suspendu entre la veille et le sommeil. Il se rendait compte qu'il glissait insensiblement et c'était une sensation agréable qu'il n'avait pas envie de dissiper.

Il revit l'homme sur le quai, avec une jambe un peu folle. Etait-ce la gauche ou la droite ? Dans sa somnolence, la question prenait une importance qu'il aurait été bien en peine d'expliquer.

Mme Maigret allait et venait sans bruit, débarrassant la table, et il ne se rendait compte de ses mouvements que parce qu'il recevait parfois un léger courant d'air.

Après, il n'y eut plus rien. Il ne savait même pas

qu'il respirait par la bouche et qu'il ronflait légèrement. Quand il s'éveilla soudain, surpris de se trouver dans son fauteuil, la pendule marquait trois heures cinq. Il chercha sa femme des yeux. De légers bruits dans la cuisine lui apprirent qu'elle était occupée à y repasser.

— Tu as bien dormi ?

— Magnifiquement. Je serais capable de dormir toute la journée.

— Tu ne veux pas prendre ta température ?

— Si tu y tiens.

Cette fois, il avait 37°6.

— C'est nécessaire que tu ailles à ton bureau ?

— Il est préférable que j'y aille, oui.

— Prends donc une aspirine avant de partir.

Docilement, il en prit une puis, pour en faire passer le goût, il se versa un tout petit verre de prunelle d'Alsace que leur envoyait sa belle-sœur.

— Je t'appelle tout de suite un taxi.

Le ciel était clair, d'un bleu un peu pâle, et le soleil brillait, mais l'air n'en restait pas moins très froid.

— Vous désirez que je mette le chauffage, patron ? Vous avez l'air enrhumé. Moi, ma femme et mes gosses ont la grippe. Cela va toujours par série. Demain ou après, ce sera mon tour.

— Surtout pas de chauffage. Je n'ai déjà que trop tendance à transpirer.

— Vous aussi ? Voilà trois ou quatre fois depuis ce matin que je suis en nage.

L'escalier lui parut plus raide que d'habitude et c'est avec plaisir qu'il s'assit enfin devant son bureau. Il sonna pour demander à Lucas de venir le voir.

— Rien de nouveau ?

— Non, patron.

— Pas de coup de téléphone anonyme ?

— Non. Lapointe vient de rentrer et je pense qu'il attend de vous parler.

— Dis-lui de venir.

Il choisit une des pipes rangées sur le bureau, la plus légère, et la bourra lentement.

— Tu as déjà tous les renseignements ?

— A peu près tous, oui. J'ai eu assez de chance.

— Assieds-toi. Passe-moi la liste.

— Vous ne comprendriez pas mes notes. Je préfère vous les lire en attendant de vous établir un rapport. Je commence par le ministre, Xavier Thorel. Je n'ai eu à interroger personne. Par les journaux de jeudi, j'ai appris qu'il représentait le gouvernement à la première mondiale d'un film sur la Résistance.

— Avec sa femme ?

— Rita était à ses côtés, oui, ainsi que leur fils qui a dix-huit ans.

— Continue.

— Je me suis rendu compte par la suite que d'autres personnes de la liste se trouvaient au même gala mais que leur nom n'avait pas été publié. C'est le cas du docteur Rioux, qui habite place des Vosges à deux maisons de chez les Chabut.

— Qui t'a renseigné ?

— Sa concierge, tout simplement. Ce sont encore les vieilles sources d'information les meilleures. Il paraît que c'est le docteur Rioux qui soigne Mme Chabut.

— Elle est souvent malade ?

— Elle semble l'appeler assez fréquemment. C'est un homme grassouillet, avec quelques cheveux bruns soigneusement ramenés sur sa calvitie. Sa femme est un grand cheval roux qui n'a pas dû attirer Oscar Chabut.

— Et de deux. Ensuite ?

— Henry Legendre, l'industriel, était à Rouen, où il a un pied-à-terre et où il se rend une ou deux fois par semaine. Je le tiens de son chauffeur qui m'a pris pour un démarcheur.

— Sa femme ?

— Elle est couchée depuis une semaine avec la grippe. Je n'ai rien pu apprendre au sujet de Pierre Marlot, l'agent de change, si ce n'est qu'il est censé avoir dîné en ville. Cela leur arrive souvent, à sa femme Lucile et à lui. Je n'ai pas eu le temps de faire le tour des grands restaurants. Il paraît que c'est un gourmet.

— Caucasson, l'éditeur d'art ?

— Au même cinéma des Champs-Elysées que le ministre.

— Maître Poupard ?

— A un grand dîner donné avenue Gabriel par l'ambassadeur des Etats-Unis.

— Mme Poupard ?

— Elle y assistait aussi. Il y a encore une Mme Japy, Estelle Japy, veuve ou divorcée, qui habite boulevard Haussmann et qui a été longtemps une des maîtresses de Chaput. Pour me renseigner sur elle, j'ai dû faire la cour à sa femme de chambre. Il y a des mois qu'elle ne voit plus Chabut qui s'est assez mal conduit avec elle. Mercredi, elle a dîné seule chez elle et elle a passé la soirée à regarder la télévision.

Le téléphone de Maigret sonnait. Il décrocha.

— On vous demande personnellement. Je crois que c'est le même homme que ce matin.

— Je prends.

Il y eut un assez long silence pendant lequel il entendait la respiration de son correspondant.

— Vous êtes là ? finit par questionner celui-ci.

— Je vous écoute, oui.

— C'est seulement pour vous répéter que c'est une crapule. Mettez-vous bien ça dans la tête.

— Un instant.

Mais déjà on raccrochait.

— C'est peut-être le meurtrier, mais c'est peut-être aussi un farceur. Tant qu'il me raccroche au nez, je n'ai aucun moyen d'en juger. Aucun moyen de le retrouver non plus. Il faut que ce soit lui qui en dise trop, ou qu'il commette une imprudence.

— Que vous a-t-il dit ?

— Comme ce matin : que Chabut était une crapule.

Des quantités de gens devaient être de cet avis-là, y compris parmi les commensaux habituels des Chabut. Il avait tout fait pour provoquer l'antipathie, sinon la haine, par son attitude vis-à-vis des femmes, d'un côté, et, d'un autre côté, par la façon de traiter son personnel.

C'était à croire qu'il tenait à provoquer les gens. Or, jusqu'au dernier mercredi, personne ne semblait l'avoir remis à sa place. Avait-il été giflé et avait-il évité de s'en vanter ? Aucun jaloux ne lui avait-il envoyé son poing dans la figure ?

Son attitude était insolente et, sûr de lui, il se permettait de défier le sort.

Quelqu'un, pourtant, un homme, d'après Blanche, avait fini par en avoir assez et par l'attendre devant l'hôtel particulier de la rue Fortuny. Ce quelqu'un-là devait avoir des raisons encore plus fortes que les autres de le haïr car, en le tuant, il avait mis sa liberté, sinon sa propre vie, en jeu.

Etait-ce parmi les amis qu'il fallait chercher ? Les renseignements apportés par Lapointe étaient plutôt décevants. On tue de moins en moins, surtout dans un certain milieu, pour venger une infortune conjugale.

L'assassin appartenait-il au groupe du quai de Charenton ? Ou au personnel de l'avenue de l'Opéra ?

Etait-ce enfin cet homme anonyme qui avait téléphoné par deux fois au commissaire pour se décharger le cœur ?

— Tu en avais terminé avec ta liste ?

— Il y a Philippe Borderel et sa maîtresse. Il est critique théâtral d'un grand quotidien. Ils assistaient à une générale au théâtre de La Michodière. Puis Trouard, l'architecte, qui dînait chez Lipp avec un promoteur connu.

Combien d'autres n'étaient pas sur la liste et avaient de justes raisons d'en vouloir au marchand de vin ? Il aurait fallu pouvoir interroger des dizaines et des dizaines de gens, hommes et femmes, un à un, les yeux dans les yeux. C'était impensable, bien entendu, et c'est pourquoi Maigret se raccrochait à son inconnu du téléphone qui était peut-être l'homme qu'il avait vu le matin près du parapet.

— Vous savez quand ont lieu les obsèques ?

— Non. Lorsque j'ai quitté Mme Chabut, elle allait recevoir le représentant des pompes funèbres. Le corps a dû être ramené hier en fin d'après-midi place des Vosges. Au fait, si nous allions jeter un coup d'œil ?

Un peu plus tard, ils roulaient tous les deux en direction de la place des Vosges. Au premier étage, ils trouvèrent la porte contre et ils entrèrent, tout de suite enveloppés par l'odeur des cierges et des chrysanthèmes.

Oscar Chabut était déjà dans son cercueil mais celui-ci n'avait pas encore été refermé. Une femme d'un certain âge, en grand deuil, était agenouillée sur un prie-Dieu et un couple assez jeune se tenait face au mort qu'éclairait la flamme dansante des cierges.

Qui était la vieille dame en deuil ? Etait-ce la mère de Jeanne Chabut ? C'était possible. C'était même probable. Quant au jeune couple, il paraissait mal à l'aise et, après un signe de croix, l'homme entraîna sa compagne.

Maigret suivit les rites et dessina une croix dans l'espace avec le brin de buis trempé d'eau bénite. Lapointe l'imita avec une conviction presque comique.

Même mort, Oscar Chabut était impressionnant, car il avait une face puissante, aux traits taillés grossièrement, peut-être, mais non sans une certaine beauté.

Au moment où les deux hommes sortaient, Mme Chabut se montrait dans le couloir.

— C'est moi que vous êtes venus voir ?

— Non. Nous sommes venus rendre nos devoirs à votre mari.

— Il a l'air vivant, n'est-ce pas ? Ils ont fait un beau travail. Vous l'avez vu tel qu'il était dans la vie, avec malheureusement son regard en moins.

Elle les conduisait machinalement vers la porte d'entrée, à l'autre bout du hall.

— Je voudrais vous poser une question, madame, murmura soudain Maigret.

Elle le regarda avec curiosité.

— Je vous écoute.

— Désirez-vous vraiment qu'on découvre le meurtrier de votre mari ?

Elle ne s'y attendait pas et elle fut un moment comme suffoquée.

— Pourquoi souhaiterais-je que cet homme reste en liberté ?

— Je ne sais pas. Si on le découvre, il y aura un procès, un très grand procès, dont la presse, la radio et la télévision parleront abondamment. Il y aura aussi un important défilé de témoins. Les employées de votre mari seront entendues. Il y en aura certainement parmi elles qui diront la vérité. Peut-être aussi des amies de votre mari.

— Je comprends ce que vous voulez dire, murmura-t-elle avec l'air de réfléchir, de peser le pour et le contre.

— Il est évident, ajouta-t-elle un peu plus tard, que cela fera un beau scandale.

— Vous n'avez pas répondu à ma question.

— A vrai dire, cela m'est égal. Je ne suis pas pour la vengeance. Celui qui l'a tué se croyait certainement de bonnes raisons de le faire. Peut-être à bon droit. Quel bien cela fera-t-il à la société de le mettre en prison pour dix ans ou pour le restant de ses jours ?

— A supposer que vous ayez une indication sur sa personnalité, je suppose donc que vous la garderiez pour vous ?

— Comme ce n'est pas le cas, je n'y ai pas encore pensé. Mon devoir serait de parler, n'est-ce pas ? Dans ce cas, je crois que je parlerais, mais à contrecœur.

— Qui va prendre la tête des affaires de votre mari ? Louceck ?

— Cet homme me fait peur. Il ressemble à un animal à sang-froid et je déteste qu'il me regarde en face.

— Votre mari, pourtant, paraissait avoir confiance en lui ?

— Louceck lui a fait gagner beaucoup d'argent. C'est un homme retors, qui connaît admirablement le Code et la façon de s'en servir. Au début, il ne s'occupait que des impôts de mon mari puis, petit à petit, il s'est hissé jusqu'à la seconde place.

— De qui est l'idée du Vin des Moines ?

— De mon mari. Tout se faisait alors quai de Charenton. C'est Louceck qui a conseillé d'installer des bureaux avenue de l'Opéra et de multiplier les dépôts en province afin d'augmenter le nombre de points de vente.

— Votre mari le considérait comme honnête ?

— Il avait besoin de lui. Et il était de taille à se défendre.

— Vous n'avez pas répondu à ma question. Est-ce lui qui va diriger l'affaire ?

— Il restera sans doute à son poste, en tout cas pendant un certain temps, mais pas plus haut.

— Qui aura le pouvoir ?

— Moi.

Elle dit cela simplement, comme si cela allait de soi.

— J'ai toujours eu l'étoffe d'une femme d'affaires et mon mari me demandait souvent conseil.

— Vous aurez votre bureau avenue de l'Opéra ?

— Oui, sauf que je ne le partagerai pas avec Louceck comme le faisait Oscar. Ce ne sont pas les locaux qui manquent.

— Et vous irez aux entrepôts, dans les caves et les bureaux du quai de Charenton ?

— Pourquoi pas ?

— Vous ne prévoyez aucun changement parmi le personnel ?

— Pour quelle raison y aurait-il des changements ? Parce que les filles ont à peu près toutes couché avec mon mari ? Dans ce cas-là, je ne devrais plus voir mes amies non plus, sauf celles qui ont l'âge canonique.

Une jeune femme entrait, menue et vive, se jetait dans les bras de la maîtresse de maison en murmurant :

— Ma pauvre chérie...

— Vous m'excusez, monsieur le commissaire.

— Je vous en prie.

Tout en descendant l'escalier, Maigret grommelait en s'essuyant le front de son mouchoir :

— Curieuse femme.

Quelques marches plus bas, il ajouta :

— Ou je me trompe fort, ou cette histoire est loin d'être finie.

Jeanne Chabut n'avait-elle pas tout au moins le mérite de la franchise ?

CHAPITRE IV

IL ETAIT ENVIRON cinq heures quand on frappa discrètement à la porte du bureau de Maigret. Sans attendre de réponse, le vieux Joseph, le plus ancien des huissiers, s'avança et tendit une fiche au commissaire.

« Nom : Jean-Luc Caucasson.

« Motif de la visite : affaire Chabut. »

— Où l'avez-vous mis ?

— Dans l'aquarium.

On appelait ainsi une salle d'attente vitrée de trois côtés où il y avait toujours des visiteurs.

— Laissez-le mariner encore pendant quelques minutes, puis amenez-le-moi.

Maigret se moucha longuement, alla se camper quelques instants devant la fenêtre et finit par boire un peu de la fine champagne qu'il avait toujours en réserve dans son placard.

Il se sentait toujours flou et il avait l'impression désagréable d'évoluer dans un univers cotonneux.

Il était occupé à allumer sa pipe, debout près de son bureau, quand Joseph annonça :

— Monsieur Caucasson.

Celui-ci ne paraissait pas impressionné par l'atmosphère du quai des Orfèvres. Il s'avançait, la main tendue :

— C'est au commissaire Maigret que j'ai l'honneur... ?

Mais le commissaire se contentait de grommeler :

— Asseyez-vous, je vous en prie.

Lui-même contournait son bureau pour aller s'asseoir à sa place.

— Vous êtes éditeur de livres d'art, je pense ?

— C'est exact. Vous connaissez ma boutique de la rue Saint-André-des-Arts ?

Maigret évita de répondre et regarda comme rêveusement son interlocuteur. C'était un bel homme, grand, élancé, aux abondants cheveux gris bien lissés. Son complet, son pardessus étaient gris aussi et il avait aux lèvres un sourire suffisant qui devait lui être habituel. Il faisait penser à un animal de race, à un chien afghan, par exemple.

— Je m'excuse de vous déranger, d'autant plus que ma démarche n'a pas grand intérêt pour vous. J'étais un ami d'Oscar Chabut...

— Je sais. Je sais aussi que, mercredi, vous avez assisté à la première mondiale d'un film sur la Résistance. Le film n'a commencé qu'à neuf heures et demie et vous aviez tout le temps de parcourir le chemin entre la rue Fortuny et les Champs-Elysées.

— Vous me considérez comme suspect ?

— Jusqu'à preuve du contraire, tous ceux qui ont été en rapport avec Chabut sont plus ou moins suspects. Vous connaissez Mme Blanche ?

Il hésita un instant, se décida vite.

— Oui. Il m'est arrivé d'aller chez elle.

— Avec qui ?

— Avec Jeanne Chabut. Elle savait que son mari était un habitué de l'hôtel particulier. Elle avait envie de voir par elle-même.

— Vous êtes l'amant de Mme Chabut ?

— Je l'ai été. J'ai tout lieu de croire qu'elle en a eu d'autres.

— A quelle époque cela se passait-il ?

— Il y a six mois environ que nous ne nous sommes pas donné rendez-vous.

— Vous alliez la voir place des Vosges ?

— Oui. Lorsque son mari se rendait dans le Midi, ce qui lui arrivait presque chaque semaine.

— C'est à cause de cela que vous êtes venu me voir ?

— Non. Je n'ai fait que répondre à votre question. Ce que je voulais vous demander, c'est si vous avez trouvé les lettres.

Maigret l'observa en fronçant les sourcils.

— Quelles lettres ?

— Les lettres qu'Oscar recevait personnellement. Pas sa correspondance d'affaires, bien entendu. Je suppose qu'il les conservait place des Vosges ou, peut-être, quai de Charenton.

— Et vous aimeriez rentrer en possession de ces lettres ?

— Meg... C'est ma femme... Meg, dit-il, a la manie d'écrire de longues lettres dans lesquelles elle met tout ce qui lui passe par la tête...

— Ce sont ses lettres que vous voulez retrouver ?

— Elle a eu une assez longue liaison avec Oscar.

Je les ai surpris ensemble et il a paru ennuyé.

— Il était amoureux ?

— Il n'a jamais été amoureux de sa vie. C'en était une de plus à ajouter à son tableau de chasse.

— Vous êtes jaloux ?

— J'ai fini par me faire une raison.

— Votre femme a eu d'autres aventures ?

— Je suis bien obligé de le reconnaître.

— Si je comprends bien, votre femme était la maîtresse de Chabut et vous étiez l'amant de Mme Chabut. C'est à peu près ça ?

Il y avait dans la voix de Maigret, dans son attitude, une ironie rentrée dont l'éditeur d'art ne s'apercevait pas.

— Vous avez écrit des lettres aussi ?

— Trois ou quatre.

— A Mme Chabut ?

— Non. A Oscar.

— Pour vous plaindre de ses relations avec Meg ?

— Non.

Il en arrivait au point difficile et il s'efforçait de prendre un air dégagé.

— Vous ne devez pas être au courant de la situation d'un éditeur d'art. La clientèle est clairsemée, le prix de revient des ouvrages extrêmement élevé. Une édition met plusieurs années à s'écouler et elle représente un important capital.

« Cela vous explique que nous avons encore besoin de mécènes. »

Maigret, plus ironique que jamais, questionnait d'une voix innocente :

— M. Chabut était un mécène ?

— Il était très riche. Il gagnait l'argent à la pelle. J'ai pensé qu'il pourrait m'aider et...

— Vous le lui avez écrit ?

— Oui.

— Alors même qu'il était l'amant de votre femme ?

— Les deux choses n'ont aucun rapport.

— Vous les aviez déjà surpris ?

— Je n'ai plus les dates en tête mais je suppose que oui.

Renversé en arrière, Maigret tassait du doigt la cendre dans sa pipe.

— Vous étiez déjà l'amant de Jeanne Chabut ?

— Je savais bien que vous ne comprendriez pas. Vous en revenez toujours à la bonne vieille morale bourgeoise qui n'a pas cours dans notre milieu. Pour nous, ces rapports sexuels sont sans importance.

— Je comprends bien. Autrement dit, vous vous adressiez à Oscar Chabut uniquement parce qu'il était riche.

— C'est exact.

— Vous vous seriez aussi bien adressé à un banquier ou à un industriel que vous ne connaissiez pas.

— Si je m'étais vu acculé, oui.

— Mais vous n'étiez pas acculé ?

— J'avais en tête un ouvrage important sur certains aspects de l'art asiatique.

— Il y a dans ces lettres des phrases que vous regrettez ?

Il était de plus en plus mal à l'aise mais il parvenait à garder une certaine dignité.

— Mettons qu'elles pourraient être mal interprétées.

— Des gens superficiels, par exemple, des gens qui n'appartiennent pas à votre monde et qui manquent d'idées larges, pourraient penser à un chantage. C'est bien cela ?

— Plus ou moins.

— Vous avez beaucoup insisté ?

— J'ai écrit trois ou quatre lettres.

— Toutes sur le même sujet ? Dans un laps de temps assez court ?

— J'étais pressé de mettre le livre en chantier. Un des meilleurs connaisseurs en art oriental m'avait déjà fourni le texte.

— Il a payé ?

Caucasson secoua la tête.

— Non.

— Vous avez été très déçu ?

— Oui. Je ne m'attendais pas à cela de sa part. Je ne le connaissais pas suffisamment.

— Il était dur, n'est-ce pas ?

— Dur et méprisant.

— Il vous a répondu par écrit ?

— Il ne s'en est pas donné la peine. Un soir qu'il offrait un cocktail à une trentaine d'amis, je l'ai suivi dans l'espoir qu'il me donne enfin une réponse...

— Et il vous l'a donnée ?

— Brutalement. Il s'est retourné, en plein milieu du salon, et il m'a dit à voix haute, de sorte que d'autres que moi ont entendu :

— Sachez que je me moque éperdument de Meg et encore plus de ce que vous fricotez avec ma femme. Cessez donc de me demander de l'argent.

Son visage plutôt pâle quand il était entré était devenu rose et ses longs doigts manucurés tremblaient un peu.

— Vous voyez que je vous parle en toute franchise. J'aurais pu me taire, attendre les événements.

— C'est-à-dire attendre que je trouve les lettres ?

— On ne peut pas savoir dans quelles mains elles vont tomber.

— Vous l'avez revu depuis ?

— Deux fois. Nous avons, Meg et moi, continué à être invités place des Vosges.

— Et vous y êtes allé, murmura Maigret avec une feinte admiration. Je vois que vous pratiquez le pardon des offenses.

— Que pouvais-je faire d'autre ? C'est une brute, mais aussi une force de la nature. Il a dû en humilier d'autres, même parmi nos amis. C'était chez lui un besoin de se sentir puissant et il ne demandait pas à être aimé.

— Vous comptiez que je vous remettrais ces lettres ?

— Je préférerais les savoir détruites.

— Celles de votre femme et les vôtres, n'est-ce pas ?

— Les lettres de Meg risquent d'être un peu trop passionnées, sinon érotiques, et les miennes, comme je vous l'ai dit, pourraient être mal interprétées.

— Je verrai ce que je puis faire pour vous.

— Vous les avez trouvées ?

Il ne répondit pas et marcha jusqu'à la porte afin de marquer la fin de l'entretien.

— Au fait, possédez-vous un pistolet automatique 6,35 ?

— J'ai un automatique dans mon magasin. Il est dans le même tiroir depuis des années et je n'en connais même pas le calibre. Je n'aime pas les armes.

— Je vous remercie. Au fait, saviez-vous que votre ami Chabut se rendait chaque mercredi vers la même heure rue Fortuny ?

— Oui, car il nous est arrivé, à Jeanne et à moi, d'en profiter.

— Ce sera tout pour aujourd'hui. Si j'ai besoin de vous, je vous convoquerai.

Caucasson finissait par sortir en rasant le chambranle et Maigret le suivait des yeux jusqu'à l'escalier. Quand il rentra dans son bureau, il demanda la communication avec la place des Vosges. Cela prit un certain temps, car la ligne était sans cesse occupée.

— Mme Chabut ? Ici, le commissaire Maigret. Je vous demande pardon de vous déranger à nouveau mais une visite que je viens de recevoir m'oblige à vous poser une ou deux questions.

— Je vous demanderai de faire vite car je suis extrêmement occupée. En fin de compte, les obsèques ont lieu demain dans la plus stricte intimité.

— Il y aura une cérémonie religieuse ?

— Une simple absoute. Je ne préviens que quelques intimes et deux ou trois collaborateurs de mon mari.

— M. Louceck ?

— Je ne peux pas faire autrement.

— M. Leprêtre ?

— Certainement. Et même sa secrétaire particulière, cette jeune fille maigre qu'il appelait la Sauterelle. Trois voitures nous conduiront directement au cimetière d'Ivry.

— Savez-vous où votre mari gardait sa correspondance privée ?

Il y eut un silence assez long.

— Figurez-vous que je ne me suis jamais posé la question et que je suis en train de réfléchir. Il recevait très peu de courrier à l'appartement et les gens s'adressaient le plus souvent quai de Charenton. Avez-vous certaines lettres bien déterminées en tête ?

— Des lettres d'amis, d'amies.

— S'il les conservait, elles doivent se trouver dans son coffre personnel.

— Où se trouve ce coffre ?

— Dans le salon, derrière son portrait.

— Vous en avez la clef ?

— Ce sont vos services qui m'ont renvoyé hier les vêtements qu'il portait mercredi et il y avait dans une poche son trousseau de clefs. J'ai remarqué une clef de coffre-fort, mais je n'ai pas pensé plus loin.

— Je ne veux pas vous prendre encore de votre temps aujourd'hui mais, dès que les obsèques auront eu lieu...

— Vous pouvez me téléphoner demain après-midi.

— D'ici là, je vous demande instamment de ne rien détruire, pas le moindre bout de papier.

N'allait-elle pas avoir la curiosité, dès aujourd'hui, d'ouvrir le coffre afin de voir ces fameuses lettres ?

Il téléphona ensuite à la Sauterelle.

— Comment cela va-t-il là-bas ?

— Pourquoi cela irait-il mal ?

— Je viens d'apprendre que vous avez été invitée aux obsèques.

— Par téléphone, en effet. Je ne m'y attendais pas. J'avais plutôt l'impression que je lui étais antipathique.

— Dites-moi, y a-t-il un coffre-fort dans l'immeuble du quai de Charenton ?

— Au rez-de-chaussée, oui, dans le bureau du comptable.

— Qui en possède la clef ?

— Le comptable, bien entendu, et sans doute aussi Oscar.

— Savez-vous s'il rangeait des papiers personnels, des lettres, par exemple, dans ce coffre ?

— Je ne le crois pas. Quand il recevait des lettres privées, ou bien il les déchirait en menus morceaux, ou bien il les fourrait dans ses poches.

— Voulez-vous poser quand même la question au comptable et me donner la réponse ? Je reste à l'appareil.

Il en profita pour rallumer sa pipe qui s'était éteinte. On entendait des pas, une porte qui s'ouvrait et se refermait puis, après quelques minutes, la porte et les pas à nouveau.

— Vous êtes toujours là ?

— Oui.

— Je ne me trompais pas. Le coffre ne contient que des papiers d'affaires et une certaine somme en argent liquide. Le comptable ignore même si le patron en possédait une clef. Il semble que ce soit plutôt M. Leprêtre qui en détienne une.

— Je vous remercie.

— Vous serez à l'enterrement aussi ?

— Je ne crois pas. D'ailleurs, je ne suis pas invité.

— Tout le monde a le droit d'entrer dans une église.

Il raccrocha, la tête toujours assez lourde, mais son humeur était moins sombre que le matin. Il finit par entrer dans le bureau des inspecteurs où Lapointe était occupé à taper son rapport à la machine. Il ne se servait que de deux doigts mais il écrivait aussi vite que la plupart des dactylos.

— Je viens de recevoir une visite, murmura Maigret. Celle de l'éditeur d'art.

— Que voulait-il ?

— Récupérer des lettres. C'est inexcusable de ma part de ne pas avoir pensé aux lettres qu'Oscar Chabut recevait. Il y en a certainement dans le lot de très révélatrices. C'est le cas pour celles de Caucasson, par lesquelles celui-ci réclame de l'argent...

— Parce que le marchand de vin couchait avec sa femme ?

— Caucasson les a pris en flagrant délit. Il est vrai que, de son côté, il avait des rapports intimes avec Jeanne Chabut. Ce n'est qu'un cas. Je crois que, quand nous aurons la correspondance en main, nous en découvrirons d'autres...

— Où sont ces lettres ?

— Selon toute vraisemblance, dans un coffre-fort qui se trouve derrière le portrait de notre homme, dans le grand salon.

— Sa femme les a lues ?

— Il paraît qu'elle n'a pas pensé au coffre. Elle en a reçu la clef par hasard, dans une poche des vêtements que Chabut portait mercredi.

— Vous lui en avez parlé ?

— Oui. Et je suis persuadé que, dès ce soir, elle va les lire. Les obsèques ont lieu demain. Il y aura une absoute en l'église Saint-Paul, puis trois voitures seulement emmèneront les intimes vers le cimetière d'Ivry.

— Vous y allez ?

— Non.

A quoi bon ? Le meurtrier du marchand de vin n'était pas de ceux qui se font remarquer par leur attitude au cours d'un enterrement.

— Il me semble, patron, que vous allez mieux, que vous vous mouchez moins.

— Ne parle pas trop vite. On verra ça demain matin.

Il était cinq heures et demie.

— Ce n'est pas la peine que j'attende six heures. Je serai quand même mieux chez moi.

— Bonsoir, patron.

— Bonsoir, les enfants.

Et Maigret quitta le bureau des inspecteurs, la pipe aux dents, le dos rond, les jambes un peu molles.

*
* *

Il dormit d'un sommeil lourd et, s'il rêva, il ne devait pas s'en souvenir le matin. Les vents avaient dû changer pendant la nuit car le temps était tout différent, beaucoup moins froid, avec une pluie longue et monotone qui zébrait les vitres.

— Tu prends ta température ?

— Non. Je n'en ai pas.

Il se sentait mieux. Il but, en les savourant, ses deux tasses de café et Mme Maigret, une fois de plus, téléphona pour appeler un taxi.

— N'oublie pas ton parapluie.

Dans son bureau, il jeta un coup d'œil machinal sur la pile de lettres qui l'attendaient. C'était une vieille habitude. Il se rendait compte ainsi, en regardant les enveloppes, s'il reconnaissait l'écriture d'un ami, ou de quelqu'un dont il attendait un message.

L'adresse, sur une des enveloppes, était tracée en caractères bâtonnets. Dans le coin du haut, à gauche, le mot « Personnel » était souligné trois fois.

Monsieur le Commissaire Principal Maigret
Chef de la Brigade Criminelle
38, Quai des Orfèvres

Il ouvrit cette lettre avant les autres. Elle contenait deux feuillets d'un papier dont on avait coupé l'en-tête, sans doute celle d'une brasserie ou d'un café. Les caractères étaient réguliers, les espacements aussi et on sentait que l'auteur était un homme méticuleux, attentif aux détails.

J'espère que cette lettre ne restera pas en panne dans vos services et que vous la lirez personnellement.

C'est moi qui vous ai téléphoné par deux fois mais j'ai coupé rapidement par crainte que vous repériez le numéro d'où je vous appelais. Il paraît que c'est impossible avec l'automatique mais je préfère ne pas m'y fier.

Je suis surpris par le silence des journaux en ce qui concerne la personnalité d'Oscar Chabut. N'y a-t-il donc personne, parmi les gens qu'ils ont contactés, pour leur dire la vérité ?

Au lieu de cela, on parle de lui comme d'un homme d'envergure, audacieux et tenace qui a créé à la force du poignet une des plus grosses affaires de vin.

Si ce n'est pas malheureux ! Cet homme-là était une crapule, je vous l'ai dit et je le répète. Il n'hésitait pas à sacrifier n'importe qui à son ambition et à sa folie des grandeurs. Car, dans un certain sens, je me demande si ce n'était pas un fou.

Il est difficile de croire qu'un homme sain d'esprit puisse se conduire comme il le faisait. Avec les femmes, c'est le besoin de les salir qui dominait. S'il voulait les posséder toutes, c'était pour les rabaisser et se sentir supérieur à elles. Il se vantait d'ailleurs de ses bonnes fortunes sans aucun égard pour leur réputation.

Et les maris ? Se peut-il qu'ils ne sachent rien ? Je ne le pense pas. Eux aussi, il les dominait de son mépris et il les forçait en quelque sorte à se taire.

Il fallait qu'il rabaisse tout autour de lui afin de se sentir grand et puissant. Me comprenez-vous bien ?

Il m'arrive de parler au présent comme s'il vivait encore, alors qu'il a enfin ce qu'il méritait. Personne ne le pleurera, pas même ses proches, pas même son père qui ne tenait plus depuis longtemps à le voir.

Tout cela, les journaux ne le disent pas et, si un

jour vous arrêtez celui qui a tiré sur lui et qui a mis fin à ses agissements malfaisants, c'est sur cet homme que tout le monde s'acharnera.

J'avais envie de prendre contact avec vous. Je vous ai vu pénétrer dans la maison de la place des Vosges en compagnie d'un autre homme qui doit être un de vos inspecteurs. Je vous ai aperçu aussi quai de Charenton, où les choses ne sont pas si simples qu'on voudrait les faire paraître. Tout ce qui touchait à cet homme est en quelque sorte contaminé.

Vous cherchez le meurtrier ? C'est votre métier et je ne vous en veux pas. Mais, s'il y avait une justice, cela devrait être pour le féliciter.

Je vous le répète : c'était une immonde crapule et un être profondément vicieux.

Je vous prie de croire, monsieur le Commissaire Principal, à mes sentiments dévoués et je m'excuse de ne pas signer.

Il y avait cependant un vague paraphe au bas de la lettre.

Maigret la relut lentement, phrase par phrase. Il avait reçu, au cours de sa carrière, des centaines de lettres anonymes et il savait reconnaître celles qui présentaient un intérêt réel.

Malgré l'emphase et sans doute l'exagération, celle-ci ne contenait pas que des accusations gratuites et le portrait qu'elle traçait du marchand de vin n'était pas sans ressemblance avec le modèle ?

Etait-ce le meurtrier qui écrivait de la sorte ? Etait-il une des nombreuses victimes d'Oscar Chabut ? Si oui, s'agissait-il de quelqu'un à qui il avait pris la femme pour la rejeter ensuite, selon son habitude, ou d'un homme qui avait eu à souffrir de son cynisme en affaires ?

Maigret revoyait malgré lui le bonhomme à la patte folle qui l'avait attendu en face de l'entrée de la P.J. et qui s'était dirigé ensuite vers la place Dauphine. Il ne payait pas de mine. Il avait l'air d'avoir dormi dans ses vêtements, sans être pourtant un clochard. Il existe ainsi à Paris des milliers d'êtres qui ne se classent dans aucune catégorie. Certains glissent inexorablement vers le bas et on les retrouvera sur les quais, à moins qu'ils ne se suicident.

D'autres se raccrochent, serrent les dents, et il arrive qu'ils remontent à la surface, surtout si quelqu'un leur tend une main secourable.

Maigret, au fond de lui-même, aurait voulu aider ce bonhomme-là. Il ne devait pas être fou, malgré la haine qu'il vouait à Chabut et qui était devenue sa raison d'être.

Etait-ce lui qui avait abattu le marchand de vins ? C'était possible. On le voyait bien attendant dans l'ombre, les mains crispées sur la crosse glacée d'un pistolet.

Il tirait comme il se l'était promis, une fois, deux fois, quatre fois, puis il se dirigeait en boitillant vers l'entrée du métro.

Où couchait-il ? Où s'était-il rendu alors ? S'était-il contenté de gagner les Grands Boulevards ou un autre quartier éclairé et d'entrer dans un bistrot pour se réchauffer et fêter tout seul le succès qu'il venait d'obtenir ?

Le meurtre de Chabut n'était pas improvisé. Celui qui l'avait perpétré y avait pensé pendant longtemps, hésitant, ressassant ses griefs pour se décider à agir.

Or, voilà que son ennemi était mort. N'était-ce pas un peu comme si le meurtrier avait perdu tout à coup sa raison d'être ? On parlait de la victime comme d'un homme brillant, d'un homme d'affaires exceptionnel. Personne ne parlait de celui qui l'avait abattu ni des raisons qu'il avait eues pour le faire.

Alors, il téléphonait à Maigret, puis il écrivait.

Il écrirait encore, quitte à en dire assez, à son insu, pour se faire prendre.

Maigret se dirigea vers le bureau du grand patron, car la sonnerie venait d'annoncer le rapport.

— Rien de nouveau en ce qui concerne la rue Fortuny ?

— Rien de précis. Je commence néanmoins à avoir de l'espoir.

— Vous croyez qu'il y aura un scandale ?

Maigret fronça les sourcils. Il n'avait pas parlé à son chef de la personnalité de Chabut et les journaux n'en avaient rien dit non plus. Pourquoi, dès lors, parler de scandale ?

Parce que le directeur de la P.J. connaissait le marchand de vin ? Ou parce qu'il fréquentait des milieux où celui-ci était bien connu ? Il savait, dans ce cas, que des quantités de gens avaient de bonnes raisons d'en vouloir assez à Chabut pour leur donner envie de le tuer.

— Je n'ai encore aucun nom en tête, dit-il évasivement.

— En tout cas, vous avez bien fait de ne pas trop parler à la presse.

Plus tard, il dépouilla le reste de son courrier et fit monter une dactylo afin de dicter un certain nombre de réponses. Il se sentait encore courbaturé, assez faiblard, mais il n'était plus obligé de vivre le mouchoir à la main.

Lapointe entra un peu avant midi.

— J'espère que vous ne m'en voudrez pas. Je pourrais presque dire que j'y suis allé à titre privé. J'étais curieux de voir cet enterrement-là. Il n'y avait qu'une vingtaine de personnes en tout et seul M. Louceck représentait le personnel.

— Tu n'as reconnu personne d'autre ?

— En sortant de l'église, il m'a semblé qu'un homme, sur le trottoir d'en face, me regardait. J'ai essayé de le rejoindre mais le temps de me faufiler dans le flot de voitures et il avait disparu.

— Tiens ! Lis ça.

Il lui tendit la lettre anonyme qui fit plus d'une fois sourire l'inspecteur.

— Cela lui ressemble, non ?

— Remarque qu'il m'a vu place des Vosges, quai de Charenton, sans doute aussi entrant à la P.J. Ce matin il devait s'attendre à ce que je sois à l'enterrement.

— Il a dû me voir avec vous et il m'a reconnu.

— J'aimerais que, cet après-midi, nous ayons un homme place des Vosges. Qu'il ne s'occupe pas de moi. Il est probable que je rendrai visite à Mme Chabut. Ce à quoi il faut être attentif, c'est à quelqu'un qui rôde à proximité de la maison. Autant que nous en puissions juger, il a une grande facilité à disparaître.

— Vous voulez que j'y aille ?

— Si tu veux. D'autant plus que tu connais déjà sa silhouette.

Il rentra déjeuner chez lui, mangea avec appétit et ne passa qu'un petit quart d'heure à somnoler dans son fauteuil. De retour au Quai, il appela la place des Vosges et demanda à parler à Jeanne Chabut. On le fit attendre assez longtemps.

— Je vous demande pardon de vous déranger si vite après les obsèques. Je vous avoue que j'ai hâte de voir cette correspondance qui nous donnera peut-être des indications précieuses.

— Vous voudriez venir cet après-midi ?

— De préférence.

— J'ai une visite que je ne peux pas remettre, vers cinq heures. Si vous pouvez venir tout de suite...

— Je serai chez vous dans quelques minutes.

Lapointe se trouvait déjà en faction aux environs de l'immeuble. Maigret se fit conduire par Torrence, qu'il renvoya ensuite à la P.J. Les draperies noires à larmes d'argent avaient disparu du portail et, dans l'appartement, il n'y avait plus trace de la chapelle ardente. Seule une odeur de chrysanthèmes subsistait.

Elle portait la même robe noire que la veille, mais elle y avait ajouté un clip en pierres de couleur qui la rendait moins sévère. Elle était très nette, très maîtresse d'elle-même.

— Si vous voulez, nous pouvons aller dans mon boudoir. Le grand salon est décidément trop vide pour deux personnes.

— Vous avez ouvert le coffre ?

— Je ne vous le cache pas.

— Comment avez-vous découvert la combinaison ? Je suppose que vous ne la connaissiez pas.

— Non, bien entendu. J'ai pensé tout de suite que mon mari devait l'avoir toujours sur lui. Jai cherché dans son portefeuille. En ouvrant son permis de conduire, j'ai vu une série de chiffres et je les ai essayés sur le coffre.

Sur le meuble Louis XV, elle avait préparé un assez gros paquet mal ficelé.

— Je n'ai pas tout lu, je m'empresse de vous le dire. La nuit n'y aurait sans doute pas suffi. Cela a été une surprise pour moi de voir tous les papiers qu'il conservait. J'ai même retrouvé de vieilles lettres d'amour que je lui envoyais lorsque nous n'étions pas encore mariés.

— Je pense qu'il vaut mieux commencer par la correspondance plus récente, qui pourrait expliquer le meurtre.

— Asseyez-vous.

Il fut étonné de la voir mettre des lunettes qui semblaient lui donner une personnalité différente. Il comprenait maintenant sa volonté de prendre les affaires en main. C'était une femme pleine de sang-froid, qui devait avoir une volonté farouche et qui n'abandonnait pas facilement une tâche qu'elle s'était imposée.

— Beaucoup de billets... Tenez !... En voici un signé Rita... Je ne sais pas de quelle Rita il s'agit...

Je serai libre demain trois heures. A l'endroit habituel ? Bises. Rita.

« Comme vous le voyez, elle n'est pas très sentimentale et son papier à lettres est de mauvais goût, sans compter qu'il est parfumé. »

— Il n'y a pas de date ?

— Non, mais ce billet se trouvait parmi les lettres de ces derniers mois.

— Vous n'avez rien trouvé de Jean-Luc Caucasson ?

— Vous êtes au courant ? Il est allé vous voir ?

— Le sort de ces lettres le préoccupe fort.

Il pleuvait toujours et l'eau formait des rigoles zigzagantes sur les vitres des hautes fenêtres. L'appartement était calme, silencieux. Ils étaient tous les deux en face de centaines de lettres et de billets qui résumaient en somme toute la vie d'un homme.

— En voici une. Vous voulez la lire vous-même ?

— De préférence, oui.

— Vous savez, vous pouvez fumer votre pipe. Cela ne me gêne pas le moins du monde.

Mon cher Oscar,

J'ai fort hésité à t'écrire cette lettre mais, tandis que je pensais à notre vieille amitié, mes scrupules se sont dissipés. Tu es un homme d'affaires brillant tandis que je ne connais pas grand-chose aux chiffres, ce qui explique qu'il me soit très désagréable de parler d'argent.

Le métier d'éditeur d'art n'est pas un métier comme un autre. On est toujours à l'affût du livre qui sera un grand succès. Parfois, on doit l'attendre longtemps et, quand il vous tombe dans les mains, on se trouve incapable de le publier.

C'est ce qui m'arrive. Alors que les affaires sont stagnantes et que je n'ai rien publié depuis plus d'un an, j'ai reçu un ouvrage exceptionnel sur certains aspects de l'art asiatique. Je sais que c'est un grand livre et qu'il obtiendra un succès mérité. Il est même à peu près certain que je pourrai en vendre les droits aux Etats-Unis et dans d'autres pays, vente dont une petite partie couvrirait les frais.

Mais, pour publier, il me faudrait tout de suite environ deux cent mille francs dont je n'ai pas le premier centime. Quant à Meg, qui a sa petite caisse personnelle, tout son magot se monte à une dizaine de milliers de francs.

Peux-tu me faire l'avance de la somme ? Je sais que pour toi c'est une bagatelle. C'est la première fois que je demande ainsi de l'argent et j'en suis fort gêné.

J'en ai parlé à Meg avant de me décider et elle m'a dit que tu as trop d'amitié pour nous pour refuser ce service.

Téléphone-moi ou envoie-moi un petit mot me donnant rendez-vous chez toi ou dans un de tes bureaux. Je te signerai tous les papiers que tu voudras.

— Ecœurant, n'est-ce pas ?

Maigret allumait sa pipe alors qu'elle venait d'allumer une cigarette.

— Vous avez remarqué l'allusion à Meg. La seconde lettre est plus courte.

Toutes les deux étaient écrites à la main, d'une petite écriture nette et nerveuse.

Mon cher ami,

Je suis surpris de ne pas avoir encore reçu de réponse à ma lettre. Cela m'a demandé beaucoup de courage de t'écrire. C'est une preuve de confiance que je te faisais en te parlant avec autant de sincérité.

Depuis, la situation s'est quelque peu détériorée. J'ai prochainement d'assez grosses échéances qui pourraient m'obliger à mettre la clef sous la porte.

Meg, qui est au courant, se fait beaucoup de mauvais sang et a insisté pour que je t'écrive.

J'espère que tu me prouveras que l'amitié n'est pas un vain mot.

Je compte sur toi comme tu peux compter sur moi.

Fidèlement.

— Je ne sais pas si, comme moi, vous sentez derrière les mots comme une menace voilée.

— Oui, grommela Maigret. C'est assez clair.

— Lisez donc les lettres de Meg.

Il en prit une au hasard :

Mon grand chéri,

Il me semble qu'il y a une éternité que je ne t'ai vu et pourtant c'était lundi de la semaine dernière. Que j'étais bien dans tes bras, contre ta poitrine où je me sens tellement en sécurité !

Je t'ai envoyé un billet avant-hier pour te donner rendez-vous. J'y suis allée, à l'endroit habituel, mais tu n'es pas venu et Mme Blanche m'a dit que tu n'avais pas téléphoné.

Je suis inquiète. Je sais que tu es très occupé,

que tu as des affaires importantes et je sais aussi que je ne suis pas la seule. Je ne suis pas jalouse, à condition que tu ne me délaisses pas tout à fait car j'ai besoin que tu me serres à me faire mal comme j'ai besoin de sentir ton odeur.

Donne-moi donc vite de tes nouvelles. Je n'attends pas une longue lettre mais le jour et l'heure d'un rendez-vous.

Jean-Luc est très occupé ces temps-ci. Il a je ne sais quel livre en tête qui sera, prétend-il, la grande affaire de sa vie. Ce qu'il peut être falot et inconsistant à côté d'un homme comme toi !

Je t'embrasse partout.

Ta Meg.

— Il y en a beaucoup de la même eau, certaines d'un érotisme assez accusé.

— De quand est la dernière ?

— D'avant les vacances.

— Où les avez-vous passées ?

— Dans notre appartement de Cannes. Oscar a dû faire deux ou trois sauts à Paris en avion. Nous avons retrouvé là-bas certains amis de Paris, mais pas les Caucasson. Je crois me souvenir qu'ils ont une petite maison quelque part en Bretagne, dans un village surtout fréquenté par des peintres.

— Vous n'avez pas trouvé d'autres lettres demandant de l'argent ?

— Je suis loin d'avoir tout lu. Il y a un billet d'Estelle Japy, une veuve assez entreprenante qu'il a fréquentée pendant un certain temps.

Cher ami,

Je vous fais parvenir cette facture que je serais

bien en peine de régler. J'attends le plaisir de vous voir.

Votre Estelle.

— La facture est jointe à la lettre ?

— Je ne l'ai pas trouvée et je ne sais donc pas de combien ni de quoi il s'agit. Un bijou ? Un manteau de fourrure ? Elle était ce matin à l'église mais elle n'a pas continué jusqu'au cimetière.

— Je suppose que vous ne me permettriez pas d'emporter ces lettres chez moi, où je pourrais passer le dimanche à les lire ?

— Il m'est désagréable de vous refuser quelque chose mais il m'en coûterait de me séparer, même provisoirement, de ces documents.

« Venez quand vous voudrez, demain si vous le désirez, et je vous laisserai lire en paix. Il y a une lettre de Robert Trouard, l'architecte, qui essayait d'intéresser mon mari à la construction d'immeubles de grand standing.

— Il lui est arrivé d'accepter des propositions de ce genre ?

— A ma connaissance, jamais.

— La femme de Trouard ?

— Bien entendu. Comme les autres. Seulement, je ne crois pas qu'il le sache.

« Tenez, voici la lettre la plus extravagante. Il y en a six pages, d'un érotisme échevelé. Non seulement la prénommée Wanda, que je ne connais pas, éprouve le besoin de rappeler par le menu tout ce qu'ils ont fait la veille, mais elle détaille avec une imagination délirante ce qu'ils feront lors de leur prochaine rencontre. Il semblerait que ce soit une

Russe, ou une Polonaise. Oscar a dû avoir du mal à s'en débarrasser.

« Une autre. Elle est de Marie-France, la femme de Henry Legendre... »

Elle lui tendit le papier bleuâtre. L'encre était d'un bleu plus sombre.

Affreux chéri,

Je devrais te détester et c'est ce qui arrivera si tu ne viens pas cette semaine me demander pardon. J'en ai appris de belles sur ton compte, je ne dis pas par qui, car il s'agit d'une autre de tes conquêtes. Il est vrai que tu ne dois pas te les rappeler toutes.

Bref, il y a quelques jours, tu te trouvais à un cocktail et il se fait que quelqu'un a parlé de moi. Or, je suis sûre que tu as dit à voix haute, devant cinq personnes au moins :

— C'est dommage qu'elle ait les seins mous.

Je savais déjà que tu étais un mufle. J'en ai la preuve. Mais je n'ai pas le courage de ne pas te revoir.

A toi de jouer.

— Cela vous semblerait beaucoup plus savoureux si vous connaissiez les personnages, si vous pouviez voir, par exemple, la belle Mme Legendre pénétrer dans un salon en compagnie de son mari, la poitrine ruisselante de diamants.

« Maintenant, vous allez devoir me laisser, car Gérard va arriver d'un instant à l'autre. C'est Gérard Aubin, le banquier, à qui j'ai certains conseils à demander. J'ai toute confiance en lui.

« Si vous désirez venir demain après-midi... »

— Je ne crois pas.

— Je comprends que vous désiriez passer votre dimanche en famille.

Elle ne se doutait pas que les Maigret allaient se contenter, une fois de plus, d'aller passer l'après-midi dans un cinéma de quartier et de rentrer ensuite chez eux bras dessus bras dessous.

Sur la place, Maigret aperçut Lapointe.

— Vous aviez raison, patron. Mais il m'a eu. Cet homme-là est comme les anguilles. Je le cherchais à proximité de la maison, dont je n'osais pas trop m'approcher. Après une demi-heure environ, je regarde la partie de la place des Vosges entourée de grilles. A cause de la pluie, il y avait peu de monde. Sur un banc, du côté opposé, j'ai aperçu un homme que je suis à peu près sûr d'avoir reconnu. Il portait un chapeau brun défraîchi, un imperméable, un complet assez sombre.

« J'ai pénétré dans le square et j'ai commencé à me diriger vers lui mais je n'avais pas fait dix pas qu'il quittait le banc et disparaissait dans la rue de Birague.

« J'ai couru, à la grande surprise de deux vieilles dames qui discutaient sous un même parapluie. Quand je suis arrivé rue Saint-Antoine, il n'y avait plus aucune trace de mon bonhomme. On dirait que c'est vous qu'il suit, comme s'il voulait s'assurer que vous continuez l'enquête. »

— Il en sait probablement plus que moi. Si seulement il pouvait parler ! Tu as une voiture ?

— Je suis venu en autobus.

— Prenons donc le bus.

Et Maigret enfonça les mains dans ses poches.

CHAPITRE V

ILS N'ALLERENT PAS au cinéma comme Maigret l'avait projeté la veille. La pluie tombait plus drue, crépitait sur la chaussée et il n'y avait pour ainsi dire pas de passants boulevard Richard-Lenoir. Il n'y eut qu'aux heures de messes qu'on vit quelques silhouettes sombres raser les murs sous des parapluies et le vent, dès dix heures du matin, commença à souffler en bourrasques.

C'est vers dix heures aussi, seulement, que le commissaire se décida à faire sa toilette, ce qui était rare. Jusque-là, il resta en pyjama et en robe de chambre, à ne rien faire de précis.

Il avait de nouveau de la température, pas beaucoup, 37°6, ce qui n'en suffisait pas moins à le rendre paresseux et mou. Mme Maigret en profitait pour le chouchouter et, chaque fois qu'elle avait une petite attention à son égard, il feignait de grogner.

— Qu'est-ce que tu vas faire à déjeuner ?

— J'ai un rôti avec des têtes de céleri et de la purée.

Comme quand il était enfant. Le rôti du

dimanche. A cette époque-là, il le voulait très cuit. Il eut ainsi, au cours de la journée, plusieurs bouffées de son enfance.

Ils étaient tous les deux calfeutrés dans l'appartement d'où ils voyaient la pluie tomber. Vers midi, Maigret murmura, hésitant :

— Je crois que je vais m'offrir comme apéritif un petit verre de prunelle.

Elle ne le lui déconseilla pas et il ouvrit le buffet. Il avait le choix entre la prunelle et l'eau-de-vie de framboise. Toutes les deux venaient de chez sa belle-sœur, en Alsace. La framboise était plus parfumée et il suffisait d'une toute petite gorgée qu'on gardait un moment dans la bouche pour que le palais reste parfumé pendant une demi-heure.

— Tu n'en veux pas une goutte ?

— Non. Tu sais bien que cela m'endort.

Il régnait de bonnes odeurs, à peine déformées par le rhume, et il parcourut les hebdomadaires qu'il n'avait pas le temps de lire pendant la semaine.

— C'est curieux de voir que, dans certain milieu, les règles de vie n'existent plus...

Elle ne lui demanda pas à quoi il faisait allusion. Il restait malgré tout, malgré lui-même, plongé dans l'affaire Chabut et il lui arriva ainsi plusieurs fois de prononcer une petite phrase qui s'y rapportait.

— Quand une bonne centaine de personnes ont plus ou moins envie de tuer un homme...

Qui était donc le petit bonhomme claudicant qui mettait tant d'habileté à se fondre dans la foule ? Et comment se trouvait-il presque toujours, à l'avance, aux endroits où Maigret se rendait ?

Il fit la sieste, dans son fauteuil. Quand il ouvrit les yeux, sa femme était occupée à coudre car il lui était insupportable de garder les mains inactives.

— J'ai dormi plus longtemps que je ne le pensais.

— Cela te fait du bien.

— Si encore cette grippe se déclarait vraiment...

Il alla tourner le bouton de la télévision. On donnait un western et il le regarda sans déplaisir. Il y avait un méchant, bien entendu, et on aurait pu trouver certaines analogies entre lui et Chabut. Le vilain, lui aussi, voulait prouver aux autres et à lui-même qu'il était fort et, pour cela, il humiliait les gens.

Le film fini, il murmura, en se souvenant de leur tête-à-tête de la veille dans le boudoir de la place des Vosges :

— Drôle de femme.

— Qui est-ce qui va s'occuper de l'affaire ?

— Elle.

— Elle est au courant ?

— Guère. Elle s'y mettra vite et je suis à peu près sûr qu'elle s'en tirera. Je parierais même qu'avant un an elle mettra Louceck à la porte.

Il lisait un article sur les fonds marins quand soudain une pensée lui vint à l'esprit. Qu'avait donc dit la Sauterelle au sujet du comptable ? Que c'était un nouveau venu. Qu'il n'était là que depuis quelques mois. Son prédécesseur était-il parti de lui-même ou avait-il été renvoyé ?

Il aurait voulu une réponse tout de suite. Cette idée l'excitait et il chercha dans l'annuaire des téléphones, trouva le numéro de la jeune fille.

L'appareil sonna longtemps mais personne ne répondit. La Sauterelle et sa mère devaient être au cinéma, ou chez une parente. Il appela encore, sans résultat, vers sept heures et demie.

— Tu crois qu'elle sait quelque chose ?

— Elle n'a pas pensé que cela pouvait être important et elle ne m'en a pas parlé. Il est fort possible, d'ailleurs, que ce soit une fausse piste. J'en suis tellement en ce moment...

Un bon dimanche, malgré tout. Ils firent un repas de viandes froides et de fromage. A dix heures, ils étaient tous les deux au lit.

Au lieu de passer par le Quai, le lendemain matin, Maigret téléphona à Lapointe de venir le prendre avec une voiture.

— Vous vous êtes reposé, patron ?

— Je n'ai pour ainsi dire pas quitté mon fauteuil de toute la journée. Il me semble que j'en suis ankylosé. Quai de Charenton, mon petit !

Le personnel était en place mais on ne sentait aucune fièvre, presque aucune activité, sauf au fond de la cour où des hommes, un sac sur la tête pour les protéger de la pluie, roulaient des barriques.

— Va donc, en m'attendant, bavarder un peu avec le comptable.

Il gravit l'escalier, frappa à la porte, retrouva le sourire franc et toujours comme amusé de la Sauterelle.

— Vous n'étiez pas à l'enterrement ? remarqua-t-il.

— Le personnel a été prié de ne pas y aller.

— Par qui ?

— Par M Louceck. Il a fait passer une note de service.

— J'ai pensé hier à quelque chose qui m'avait échappé. Quand vous m'avez parlé du comptable, je crois que vous m'avez dit que c'était un nouveau.

— Il est là depuis le 1er juillet. C'est curieux que vous m'en parliez justement aujourd'hui.

— Pourquoi ?

— Parce que j'y ai pensé hier au cinéma et que je me proposais de vous en parler quand vous viendriez. Il s'agit de l'ancien comptable, Gilbert Pigou. Il a quitté la maison en juin, vers la fin juin, si je ne me trompe, et c'est pourquoi je n'ai pas cru utile de parler de lui.

Maigret était assis dans le fauteuil tournant d'Oscar Chabut et la Sauterelle tenait ses longues jambes croisées, plus de la moitié de ses cuisses découvertes par la minijupe.

— Il est parti de son plein gré ?

— Non.

— Quel genre d'homme était-ce ?

— Il n'avait guère de personnalité et il n'attirait pas l'attention. Vous avez vu le bureau de la comptabilité, en bas, qui donne sur la cour. On dit la comptabilité, mais la vraie comptabilité se fait avenue de l'Opéra. Il n'y a que des broutilles qui lui passaient par les mains.

— Il était marié ?

— Oui. Je crois. J'en suis même sûre. Je me souviens qu'un jour il a téléphoné qu'il ne pouvait pas venir parce qu'on devait opérer sa femme d'urgence. Une appendicite à chaud, si je ne me trompe.

« Il ne parlait pas volontiers. On aurait dit qu'il avait peur des gens et qu'il se faisait aussi petit que possible. »

— C'était un bon employé ?

— Ses fonctions ne demandaient aucune initiative. C'était uniquement de la routine.

— Il ne vous faisait pas la cour ? Ni à une ou l'autre des dactylos ?

— Il était trop timide pour ça. Il est entré dans la maison il y a plus de quinze ans, quand les affaires ont commencé à prendre une certaine envergure. C'était un pauvre type.

— Pourquoi dites-vous ça ?

— Parce que je pense à sa dernière entrevue avec le patron. J'aurais tout donné pour ne pas assister à cette scène, la plus pénible que j'aie vécue. Je revois Oscar, à dix heures du matin, alors qu'il arrivait de l'avenue de l'Opéra, me demander en se frottant les mains :

— Téléphonez à Pigou de monter.

On aurait dit qu'il se réjouissait d'avance de ce qui allait se passer et je me sentais déjà inquiète.

— Asseyez-vous, monsieur Pigou. Un peu plus à gauche, que vous soyez en pleine lumière. Je déteste parler à des gens dont je ne vois qu'une image floue. Comment allez-vous ?

— Bien, je vous remercie.

— Votre femme aussi ?

— Oui.

— Elle travaille toujours rue Saint-Honoré, dans une chemiserie, si je me souviens bien ?

La Sauterelle interrompit son récit pour remarquer :

— Il avait une mémoire étonnante des gens et des moindres petits faits. Il n'avait jamais vu Mme Pigon, mais il se souvenait qu'elle avait été vendeuse dans une chemiserie de la rue Saint-Honoré.

— Ma femme ne travaille plus.

— C'est dommage.

Le comptable le regardait sans savoir que penser. Et Chabut prononçait avec le plus grand calme :

— Vous êtes mis à la porte, monsieur Pigou. Vous venez de vivre votre dernier matin dans la maison. Comme je ne compte pas vous donner de certificat de complaisance, vous risquez de ne pas trouver de travail d'ici longtemps.

Il jouait au chat et à la souris et cela me faisait mal.

Pigou, assis sur le bord de sa chaise, ne savait comment se tenir ni que faire de ses mains et on le sentait si angoissé que je m'attendais à le voir pleurer.

— Voyez-vous, monsieur Pigou, quand on veut devenir un malhonnête homme, il vaut mieux être un malhonnête homme d'envergure et y mettre un certain panache.

Le comptable se débattait encore un peu, levait la main, ouvrait la bouche pour dire quelque chose.

— Tenez ! Prenez ce papier. J'en ai une copie. C'est la liste des sommes que vous m'avez volées depuis trois ans.

— Il y a quinze ans que...

— Que vous êtes à mon service, c'est exact. Et je me demande pourquoi vous n'avez commencé vos tripotages qu'il y a trois ans.

Des larmes roulaient sur les joues de Pigou, qui était très pâle. Il fit mine de se lever et Chabut lui ordonna :

— Restez assis. J'ai horreur de parler à des gens debout. En trois ans, comme vous pouvez le voir sur cette liste, vous m'avez volé trois mille huit cent quarante-cinq francs. Par petites sommes. Au début, cinquante francs à la fois, presque chaque mois. Puis soixante-quinze. Puis, une fois, une somme plus importante : cinq cents francs.

— C'était à Noël.

— Et alors ?

— C'était censé être ma gratification.

— Je ne comprends pas.

— Ma femme ne travaillait déjà plus. Elle n'a pas beaucoup de santé.

— Vous allez prétendre que vous m'avez volé à cause de votre femme ?

— C'est la vérité. Elle me faisait sans cesse des reproches. Elle me répétait que je n'avais aucune ambition, que mes employeurs abusaient de moi et auraient dû me payer davantage.

— Vraiment !

— Elle insistait pour que je demande une augmentation.

— Et vous n'avez pas eu le courage de le faire.

— Cela n'aurait servi à rien, n'est-ce pas ?

— En effet. Vous êtes un employé comme on peut en trouver tant qu'on veut, un gagne-petit sans connaissances particulières et sans initiative.

Pigou restait immobile. les yeux fixés sur le bureau devant lui.

— J'ai dit à Liliane que j'avais demandé l'augmentation et que j'en avais obtenu une de cinquante francs.

« — Ton patron ne s'est pas fendu, mais c'est toujours un commencement. »

La Sauterelle s'interrompit une fois encore.

— La scène devenait de plus en plus pénible et plus le comptable se montrait sans défense, plus les yeux du patron exprimaient la jubilation.

— Il y a un an, le tarif a été de cent francs. Et c'est à Noël dernier que je suis supposé vous avoir donné une gratification de cinq cents francs. Pour votre femme, tout au moins, vous étiez devenu un employé indispensable, je suppose ?

— Je vous demande pardon...

— Trop tard, monsieur Pigou. Pour moi, vous n'existez déjà plus. Il est possible qu'un jour M. Louceck décide de me voler. Je n'ai pas plus confiance en lui qu'en n'importe quel homme. Peut-être a-t-il commencé à le faire, mais il est assez intelligent, lui, pour que personne ne s'en aperçoive. Et il ne gaspillera pas des petites sommes pour faire croire à sa femme qu'il est un homme épatant. Il me volera sur une grande échelle et je pense que je lui tirerai mon chapeau.

« Voyez-vous, monsieur Pigou, vous êtes un miteux. Vous l'avez toujours été et vous le resterez toute votre vie. Un miteux et un serre-fesses. Venez ici, je vous en prie. »

En voyant Chabut se lever, j'ai failli crier :

— Non !

Pigou s'avançait, un bras prêt à se lever pour se protéger le visage mais Oscar fut plus rapide que lui et sa main s'abattit sur la joue du comptable.

— Ceci, c'est pour m'avoir pris pour un imbécile. Je pourrais vous livrer à la police, mais cela ne m'intéresse pas. Vous allez franchir cette porte pour la dernière fois, prendre vos affaires et disparaître. Vous êtes une petite ordure, monsieur Pigou et, ce qui est plus grave, vous êtes un imbécile.

La Sauterelle se tut.

— Il est parti ?

— Que pouvait-il faire d'autre ? Il a même oublié un stylo dans son tiroir et il n'est jamais venu le chercher.

— Vous n'avez pas eu de nouvelles de lui ?

— Pas pendant les premiers mois.

— Sa femme n'a pas téléphoné ?

— Seulement en septembre ou au début d'octobre. Elle est venue.

— C'est Chabut qui l'a reçue ?

— Elle était dans le bureau quand il est arrivé. Elle voulait savoir si son mari travaillait encore ici.

« — Il ne vous a pas dit qu'il n'appartenait plus à la maison depuis le mois de juin ?

« — Non. Il a continué à partir le matin à la même heure, à suivre le même horaire et à me verser en fin de mois le montant de son salaire. Il a prétendu qu'il avait trop de travail pour aller en vacances au cours de l'été.

« — Nous nous rattraperons cet hiver. J'ai toujours eu envie de me rendre aux sports d'hiver.

« — Vous n'en avez pas été surprise ?

« — Vous savez, je m'occupais si peu de lui...

« Elle est beaucoup plus jolie que je m'y attendais, avec un beau petit corps, et elle était gentiment habillée.

« — J'espérais que vous pourriez me donner des nouvelles de mon mari. Il y a deux mois qu'il a disparu.

« — Et vous n'êtes pas venue avant ?

« — Je me suis dit qu'il reviendrait un jour ou l'autre.

« Elle était nonchalante, avec des yeux d'un brun sombre qui n'exprimaient pas grand-chose.

« — Maintenant, je suis au bout de mon rouleau et...

Chabut entrait, la regardait de la tête aux pieds, puis se tournait vers sa secrétaire.

— Qui est-ce ?

— Mme Pigou, fut-elle bien obligée de dire.

— Qu'est-ce qu'elle veut ?

— Elle croyait que son mari travaillait toujours ici. Il a disparu.

— Parbleu !

— Pendant deux ou trois mois, il lui a remis le montant de son salaire.

Il la regarda en face.

— Vous ne vous êtes aperçue de rien ? Je ne sais pas où votre mari a trouvé de l'argent, mais cela n'a pas dû être facile. Vous ignoriez que c'était un voleur ? Un petit voleur minable qui vous faisait croire qu'il avait obtenu une augmentation. S'il a cessé de rentrer chez lui, c'est qu'il a fait le plongeon.

— Que voulez-vous dire ?

— On peut se maintenir un mois ou deux à la surface, mais le moment vient où on dégringole sans aucune chance de remonter.

« — Vous voulez nous laisser, Anne-Marie ?... »

— Je me doutais de ce qui allait se passer. J'étais écœurée. Je suis descendue prendre l'air dans la cour et, une demi-heure plus tard, je l'ai vue sortir. Elle a détourné la tête en passant près de moi mais j'ai eu le temps de me rendre compte que son rouge à lèvres s'était étendu sur sa joue.

Maigret se taisait. Il prit le temps de bourrer une pipe, de l'allumer. Enfin, il murmura :

— Vous permettez, mon petit, que je vous pose une question sur un sujet qui ne me regarde pas ?

Elle l'observa avec une certaine inquiétude.

— Pourquoi, le connaissant comme vous le connaissiez, avez-vous continué à avoir des relations intimes avec lui ?

Elle prit d'abord la chose légèrement.

— Lui ou un autre... Il me fallait quand même quelqu'un...

Puis, plus gravement :

— Avec moi, c'était un homme différent. Il n'éprouvait pas le besoin de bluffer, de jouer les matamores. Au contraire, il laissait voir sa vulnérabilité.

« — C'est peut-être parce que tu ne comptes pas, que tu n'es qu'une gamine et que tu n'essaies pas de profiter de moi...

« Il avait très peur de mourir. On dirait qu'il avait comme un pressentiment de ce qui allait lui arriver.

« — Il y aura bien un de ces pleutres pour se révolter, nom de Dieu !

« — Pourquoi faites-vous tout pour qu'on vous déteste ?

« — Parce que je suis incapable de me faire aimer. Alors, autant qu'on me haïsse à fond. »

Elle conclut, moins animée :

— Voilà. Je n'ai jamais eu de nouvelles de

Pigou. Je ne sais pas ce qu'il est devenu. Je n'ai même pas eu l'idée de vous parler de lui, pensant sans doute que c'était déjà de l'histoire ancienne. C'est hier, tout à coup, au cinéma, que j'ai pensé à la gifle...

*
* *

Un peu plus tard, Maigret descendait l'escalier, frappait à la porte du bureau du comptable et entrait. Lapointe était là, en conversation avec un jeune homme terne, aux vêtements sombres et mal coupés.

— Je vous présente M. Jacques Riolle, patron.

— Je l'ai déjà vu.

— C'est vrai. Je n'y pensais plus.

Riolle se tenait debout, impressionné par le commissaire. Son bureau était le plus sombre et le plus triste de la maison, celui aussi, pour une raison mystérieuse, où l'odeur de vinasse était la plus forte. Sur des rayonnages s'alignaient des classeurs verts comme dans une étude de province. Un énorme coffre-fort d'un ancien modèle trônait entre les deux fenêtres et les meubles, qui avaient dû être achetés d'occasion, étaient couverts de taches d'encre et même d'entailles, comme des pupitres d'école.

Intimidé, Riolle se balançait d'une jambe à l'autre et Maigret avait l'impression d'avoir devant lui Gilbert Pigou à ses débuts.

— Tu as fini, Lapointe ?

— Je vous attendais, patron.

Ils saluèrent le jeune homme et quelques instants

plus tard ils s'installaient dans la petite auto noire. Lapointe soupirait :

— Je me demandais si vous redescendriez jamais. C'est long d'attendre en tête à tête avec un garçon aussi terne et aussi morne que celui-là.

« Il a pourtant fini par me faire des confidences. Il n'est pas comptable, mais il suit des cours du soir et il espère avoir son diplôme d'ici deux ans. Il est fiancé à une jeune fille de son pays. Il est de Nevers. Ils ne pourront se marier que quand il sera augmenté, car il ne gagne pas assez d'argent pour se mettre en ménage... »

— Elle continue à habiter Nevers ?

— Oui. Elle vit chez ses parents et travaille dans une mercerie. Il va la voir une fois par mois.

Lapointe se dirigeait machinalement vers le quai des Orfèvres quand Maigret s'en aperçut.

— Nous ne rentrons pas tout de suite. Conduis-moi d'abord 57 bis, rue Froidevaux.

Ils prirent le boulevard Saint-Michel, tournèrent à droite en direction du cimetière Montparnasse.

— Le jeune Riolle n'a pas connu son prédécesseur ?

— Non. Il s'est présenté à la suite d'une annonce. C'est Chabut qui l'a interrogé en personne.

— Et qui s'est assuré qu'il était un moindre !

— Que voulez-vous dire ?

— Qu'il ne s'entourait, exception faite pour Louceck, que de gens faibles, résignés, qu'il pouvait mépriser. En somme, cet homme-là méprisait tout le monde, les hommes comme les femmes, ceux qui travaillaient pour lui et les amis qui fréquentaient sa maison. Je suis persuadé que s'il couchait avec tant de femmes, c'était pour avoir la sensation de les dominer, pour les souiller en quelque sorte.

— Nous sommes arrivés, patron.

— Il vaut peut-être mieux que tu ne montes pas avec moi. Je vais voir Mme Pigou et si nous arrivons à deux cela risque de paraître trop officiel et de l'effaroucher. Attends-moi donc dans ce petit bar.

Il poussa la porte de la loge.

— Mme Pigou, s'il vous plaît ?

— Au quatrième à gauche.

— Elle est chez elle ?

— Je ne l'ai pas vue sortir. Elle doit y être.

Il monta les quatre étages à pied, en s'arrêtant parfois pour souffler, car il n'y avait pas d'ascenseur. La maison était propre, en bon état, l'escalier pas trop sombre. Au premier, il entendit de la radio. Au second étage un petit garçon de quatre ou cinq ans était assis sur une marche et jouait avec un modèle réduit de voiture.

Au quatrième, il frappa, car il ne voyait pas de bouton de sonnerie. Il attendit un bon moment et frappa à nouveau, ennuyé à l'idée qu'il aurait peut-être à revenir.

Il colla l'oreille à la porte et n'entendit rien à l'intérieur. Il n'en frappa pas moins une troisième fois, assez fort pour que la porte frémisse sur ses gonds et cette fois des pas s'approchèrent ; c'était plutôt un glissement, comme si la personne portait des pantoufles.

— Qu'est-ce que c'est ?

— Mme Pigou, s'il vous plaît.

— Un instant.

Cela prit un peu plus d'une minute et la porte

s'entrouvrit enfin. Une jeune femme le regardait curieusement, en tenant une robe de chambre croisée devant elle.

— Qu'est-ce que vous vendez ?

— Je ne vends rien. Je désire simplement un entretien avec vous. Je suis le commissaire Maigret, de la Police Judiciaire.

Elle hésita, finit par dégager le passage.

— Entrez. Je ne me sentais pas bien et je faisais une petite sieste.

En pénétrant dans la salle de séjour, elle alla fermer la porte de la chambre à coucher où Maigret avait eu le temps d'entrevoir le lit défait.

— Asseyez-vous, disait-elle en lui désignant une chaise.

La fenêtre donnait sur le cimetière et sur les hauts arbres des allées. Les meubles avaient été achetés dans un grand magasin du boulevard Barbès. Ils étaient de style rustique, comme disent les catalogues.

Sur un guéridon, il y avait un tourne-disque et des disques étaient épars sur le divan proche comme si Liliane avait l'habitude de s'étendre là et de faire de la musique. Un cendrier était plein de mégots de cigarettes.

— C'est au sujet de mon mari ?

— Oui et non. Vous avez des nouvelles de lui ?

— Toujours pas. Je suis allée à son bureau et il y a six mois qu'il n'y a pas mis les pieds.

— Depuis combien de temps vous a-t-il quittée ?

— Depuis deux mois. C'était à la fin septembre, le jour où il aurait dû m'apporter son traitement.

Elle était assise sur les bras d'un fauteuil et chaque fois que les pans de la robe de chambre s'écartaient on voyait sa chemise rose bonbon. Elle ne s'en préoccupait pas. Cela devait être sa tenue habituelle quand elle était chez elle.

— Il y a longtemps que vous êtes mariée ?

— Huit ans. Il est entré par hasard dans le magasin où je travaillais pour acheter une cravate. Il a mis très longtemps à la choisir. Il paraissait impressionné. Quand je suis sortie le soir, il m'a suivie. Pendant quatre ou cinq jours, il a marché ainsi derrière moi avant d'oser m'adresser la parole.

— Il habitait déjà cet appartement ?

— Non. Il vivait dans un hôtel meublé du quartier Latin. Il n'y avait pas trois semaines qu'il me connaissait qu'il me proposait de m'épouser. Je n'étais pas trop chaude. C'était un gentil garçon, mais il ne cassait rien.

— Vous n'étiez pas amoureuse ?

Elle le regarda en soufflant la fumée de sa cigarette.

— Ça existe ? Vous savez, moi, je n'y crois pas beaucoup.

— Une question, madame Pigou. Est-ce que votre mari boitille légèrement ?

— Depuis qu'il a été renversé par une voiture et qu'il a eu la rotule cassée, il a tendance à jeter la jambe gauche de travers quand il marche vite.

— Il y a longtemps qu'il a eu cet accident ?

— Avant de me connaître.

— Depuis combien de temps le connaissez-vous ?

— Huit ans. Un mois de fiançailles, en quelque sorte, puis le reste de vie conjugale.

— Vous avez continué à travailler ?

— Pendant trois ans. Cela ne pouvait pas continuer. Le matin, il fallait que je prépare le petit déjeuner et que je mette un peu d'ordre. A midi, nous nous retrouvions dans un restaurant pour déjeuner et le soir il me fallait faire le marché, préparer le dîner, m'occuper du ménage. Ce n'était pas une vie.

Il regardait l'étroit divan couvert de disques et de magazines, le cendrier aux mégots. Cela devait être sa place favorite et peut-être est-ce là qu'elle dormait quand il avait dû frapper à la porte avec tant d'insistance.

Avait-elle des amants ? Il aurait juré que oui, par désœuvrement, par une sorte de romantisme.

Il y avait sur son visage une expression boudeuse qui semblait lui être naturelle.

— Vous n'avez rien soupçonné jusqu'à ce que votre mari disparaisse ?

— Non. Je ne sais pas s'il est allé travailler ailleurs mais il quittait la maison toujours à la même heure, rentrait à la même heure aussi.

— Et il vous remettait en fin de mois la même somme ?

— Oui. Je lui donnais quarante francs par mois pour ses cigarettes et ses menus frais.

— Vous ne vous êtes pas inquiétée en ne le voyant pas revenir ?

— Pas trop. Je ne m'inquiète pas facilement. J'ai téléphoné à son bureau. C'est un homme que j'ai eu au bout du fil. Je lui ai demandé à parler à mon mari.

« — Il n'est pas là, m'a-t-il répondu.

« — Vous ne savez pas quand il reviendra ?

« — Je ne sais rien. Il y a longtemps que je ne l'ai pas vu...

« Il a raccroché. C'est alors que j'ai commencé à devenir un peu inquiète et je suis allée demander au commissariat si on avait entendu parler de lui, si, par exemple, il n'avait pas été victime d'un accident. »

Elle ne devait pas avoir insisté beaucoup.

— Vous savez où il est ? questionna-t-elle.

— Non. C'est à vous que je suis venu poser la question. N'avez-vous aucune idée de l'endroit où il aurait pu se réfugier ?

— Pas chez son père, qui habite rue d'Alésia depuis près de cinquante ans. C'est dans cet appartement-là que Gilbert est né. Il a pour ainsi dire toujours habité le quartier. Sa mère est morte. Son père a pris sa retraite. Il était caissier dans une agence du Crédit Lyonnais.

— Les deux hommes s'entendaient bien ?

— Jusqu'à ce que Gilbert m'épouse. Je crois que son père ne pouvait pas me sentir. Gilbert, bien entendu, prenait mon parti, de sorte que, ces dernières années, ils étaient en froid.

— Vous n'avez pas averti le père de sa disparition ?

— A quoi bon ? Ils ne se voyaient quand même qu'une fois par an, le 1er janvier. Nous y allions ensemble et nous avions droit à un verre de porto avec un biscuit. L'appartement sentait le célibataire.

— Comment expliquez-vous que votre mari ait

continué pendant trois mois à vous apporter son traitement alors qu'il avait quitté sa place ?

— Il travaillait probablement ailleurs.

— Vous n'aviez pas d'économies ?

— Des dettes, oui ! Le réfrigérateur n'est pas encore entièrement payé et j'ai eu juste le temps de décommander la machine à laver la vaisselle qu'on devait me livrer en septembre.

— Il ne possédait pas d'objets de valeur ?

— Certainement pas. Même les bagues qu'il m'a offertes sont en toc. Vous ne m'avez pas encore dit pourquoi vous vous occupez de lui.

— Son patron l'a mis à la porte à la fin juin, après avoir découvert que, depuis trois ans, il puisait plus ou moins adroitement dans la caisse.

— Il avait une maîtresse ?

— Non. Il prenait ainsi de très petites sommes. Cinquante francs par mois tout d'abord.

— C'était ça, son augmentation ?

— Exactement. Vous lui répétiez qu'il devait parler à M. Chabut et, comme il n'avait pas le courage de le faire, ce qui, d'ailleurs, n'aurait mené à rien, il s'est mis à truquer les écritures. De cinquante francs, il est passé à cent. Puis, au dernier Noël...

— Les cinq cents francs de gratification !

Elle haussait les épaules.

— Quel idiot ! Le voilà bien avancé, maintenant ! J'espère pour lui qu'il a trouvé une autre place.

— J'en doute.

— Pourquoi ?

— Parce qu'il m'est arrivé de l'apercevoir dans

les rues à différentes heures de la journée, alors que les bureaux et les magasins sont ouverts.

— Il a fait quelque chose ? Vous avez une raison pour le rechercher.

— Oscar Chabut a été tué mercredi dernier par un homme qui l'attendait devant une maison de passe de la rue Fortuny. Votre mari possédait un pistolet ?

— Un petit automatique noir, qu'un ami lui avait donné quand il était encore au service militaire.

— Il est toujours ici ?

Elle se leva et traîna ses pantoufles jusqu'à la chambre à coucher où on l'entendit ouvrir et refermer des tiroirs.

— Je ne le vois pas. Il l'a sans doute emporté avec lui. A ma connaissance, il ne s'en est jamais servi et je me demande s'il avait des cartouches. Je ne me souviens pas d'en avoir vu.

Elle alluma une nouvelle cigarette et s'assit cette fois dans le fauteuil.

— Vous croyez vraiment qu'il aurait été capable de tuer son patron ?

— Celui-ci l'a traité cruellement et, à un moment donné, lui a flanqué une gifle.

— Je le connais. Enfin, je l'ai rencontré. Cela ne m'étonne pas de lui. C'est une grande brute.

— Il ne vous a pas raconté ce qui s'était passé ?

— Non. Il m'a seulement dit qu'il était content d'être débarrassé de mon mari et que c'était un bon débarras pour moi aussi.

— Il vous a donné de l'argent ?

— Pourquoi me demandez-vous ça ?

— Parce que ce serait assez bien son genre. J'imagine ce qui a dû se passer.

— C'est que vous avez vraiment de l'imagination.

— Non, mais c'est que je connais ses façons d'agir avec les femmes.

— Vous voulez dire qu'il les traitait toutes de la même façon ?

— Oui. Il vous a donné un autre rendez-vous ?

— Il a pris mon numéro de téléphone.

— Mais il ne vous a jamais appelée ?

— Non.

— Vous ne m'avez pas répondu au sujet de l'argent.

— Il m'a remis un billet de mille francs.

— Et, depuis, comment vous en tirez-vous ?

— Je m'en tire comme je peux. Je réponds à des petites annonces mais, jusqu'ici sans succès.

Maigret se leva, le corps engourdi, le front couvert d'une buée de sueur.

— Je vous remercie de m'avoir reçu.

— Dites-moi, puisque vous dites que vous l'avez vu plusieurs fois, vous allez pouvoir le retrouver.

— A condition qu'il se mette à nouveau sur mon chemin et qu'il ne disparaisse pas dans la foule comme il l'a fait jusqu'à présent.

— De quoi a-t-il l'air ?

— De quelqu'un qui est fatigué et qui n'a pas dormi dans un lit la nuit précédente. Il n'a pas d'amis à Paris ?

— Je ne lui en connais pas. Nous ne fréquentions qu'une de mes copines, Nadine, qui vit avec un musicien. Ils venaient parfois passer la soirée ici.

On allait acheter une ou deux bouteilles de vin et il nous jouait de la guitare électrique.

Elle devait avoir couché avec le musicien aussi, et sans doute avec bien d'autres.

— Au revoir, madame.

— Au revoir, monsieur le commissaire. Si vous avez des nouvelles, soyez gentil de me tenir au courant. C'est quand même mon mari. S'il a vraiment tué quelqu'un, j'aimerais mieux le savoir. Je suppose que cela suffit pour obtenir le divorce ?

— Je le crois aussi.

Il inscrivit l'adresse du père de Pigou, rue d'Alésia, retrouva Lapointe dans le petit bar où il lisait le journal de l'après-midi.

— Alors, patron ?

— Une petite garce. J'ai rarement vu autant de personnages peu ragoûtants dans une seule enquête. Un rhum, garçon !

— Elle ne sait rien qui puisse nous mettre sur une piste ?

— Non. Elle ne s'est jamais occupée de lui. Dès qu'elle l'a pu, elle a cessé de travailler et, autant qu'on puisse juger, elle passe ses journées vautrée sur un divan, à jouer des disques, à fumer cigarette sur cigarette et à lire des magazines. Elle doit être au courant de la vie intime de toutes les vedettes. Quand son mari a disparu, elle s'est à peine inquiétée, et quand je lui ai dit qu'il avait peut-être tué un homme, elle m'a demandé si cela lui suffirait pour obtenir le divorce.

— Qu'est-ce que nous faisons maintenant ?

— Tu me déposes rue d'Alésia, où j'aimerais avoir une courte entrevue avec son père.

— Son père à elle ?

— Non, à lui. C'est un ancien caissier du Crédit Lyonnais à la retraite. Il a cessé de s'entendre avec son fils quand celui-ci s'est marié.

L'appartement de la rue d'Alésia était un peu plus cossu et, au grand soulagement de Maigret, il y avait un ascenseur. Quand il sonna, la porte ne tarda pas à s'entrouvrir.

— Oui ?

— Monsieur Pigou ?

— Moi-même. Que désirez-vous ?

— Vous me permettez d'entrer ?

— Vous ne venez pas pour me vendre une encyclopédie ? Il en est venu quatre rien que la semaine dernière.

— Commissaire Maigret, de la P.J.

L'appartement sentait l'encaustique et on n'y voyait pas un grain de poussière. Chaque objet était à sa place.

— Asseyez-vous, je vous en prie.

Ils étaient dans un petit salon qui ne devait pas servir souvent et Pigou alla ouvrir les rideaux qui étaient à moitié fermés.

— J'espère que vous ne m'apportez pas une mauvaise nouvelle ?

— A ma connaissance, il n'est rien arrivé à votre fils. Je voudrais seulement savoir quand vous l'avez vu pour la dernière fois.

— C'est facile. Le 1er janvier.

Et il avait un sourire un peu amer.

— J'ai eu le malheur de le mettre en garde contre cette fille qu'il a absolument voulu épouser. J'ai tout de suite compris en la voyant que ce n'était pas quelqu'un pour lui. Il est monté sur ses grands chevaux et m'a accusé d'être un vieil égoïste et de je ne sais quoi d'autre encore. Auparavant, il venait me voir une fois par semaine. Il a cessé ses visites et je ne l'ai revu qu'au nouvel an. Depuis, chaque année, le 1er janvier, il est venu me voir avec sa femme, comme on accomplit une politesse nécessaire.

— Vous lui en voulez ?

— Non. Il ne voit que par elle. Il n'y peut rien.

— Il ne vous a jamais demandé d'argent ?

— Vous ne le connaissez pas. Il est trop fier pour ça.

— Pas même ces derniers mois ?

— Qu'est-il arrivé ?

— Il a perdu son emploi au mois de juin. Pendant trois mois, il a suivi le même horaire que quand il travaillait quai de Charenton et il rapportait la même somme d'argent.

— Il a donc trouvé une autre place ?

— Vous ne croyez pas que c'est difficile, à quarante-cinq ans, quand on n'est pas un spécialiste ?

— Peut-être. Il faut pourtant bien...

— Qu'il ait trouvé cet argent quelque part. Depuis fin septembre, il a disparu.

— Sa femme ne l'a pas revu ?

— Non. Son ex-patron, Oscar Chabut, a été tué de quatre balles, en pleine rue, par un inconnu.

— Et vous croyez que... ?

— Je ne sais pas, monsieur Pigou. Je cherche. Je suis venu vous voir dans l'espoir d'apprendre quelque chose.

— J'en sais moins que vous. Sa femme n'a même pas trouvé utile de me mettre au courant.

Vous avez l'impression qu'il a quelque chose à se reprocher et qu'il se cache ?

— C'est possible. Je suis à peu près certain de l'avoir aperçu deux ou trois fois ces derniers jours. C'est lui aussi, j'ai toutes les raisons de le penser, qui m'a téléphoné par deux fois et qui m'a envoyé une lettre écrite en caractères bâtonnets...

— Vous ne lui avez pas dit...

— Lui dire quoi ? Si c'est lui qui a tiré sur son patron, il joue avec le feu, comme s'il avait envie de se faire arrêter. Cela arrive plus souvent qu'on ne croit. Il est sans domicile, sans ressources. Il sait qu'il sera fatalement pris un jour ou l'autre. Il n'a pas honte d'avoir tiré. Au contraire, il en serait plutôt fier, car Chabut était un être méprisable.

— Je ne comprends pas.

— Je vous tiendrai au courant, monsieur Pigou. De votre côté, s'il vous donnait de ses nouvelles, soyez assez aimable pour me passer un coup de fil.

— Je vous l'ai dit : il y a peu de chance pour qu'il s'adresse à moi.

— Merci de m'avoir reçu.

Lapointe lui demanda :

— Il savait quelque chose ?

— Encore moins que la femme. C'est moi qui lui ai appris que son fils a disparu. C'est un petit vieillard propret, très sympathique, qui passe son temps à astiquer son parquet et ses meubles, à mettre de l'ordre dans l'appartement. Je n'ai pas vu d'appareil de télévision, pas de transistor non plus. Au Quai, cette fois. Il est temps qu'on en finisse.

Une heure plus tard, cinq de ses collaborateurs étaient réunis dans le bureau de Maigret.

CHAPITRE VI

— ASSEYEZ-VOUS, mes enfants.

Maigret lui-même allumait une pipe et les regardait l'un après l'autre d'un œil rêveur.

— Vous connaissez tous l'affaire dans ses grandes lignes. Depuis que j'ai commencé à enquêter sur la mort d'Oscar Chabut au moment où il sortait d'une maison de la rue Fortuny, un homme paraît s'intéresser à mes faits et gestes. Il est intelligent, car il semble prévoir chacun de mes mouvements. Il est habile à se glisser rapidement dans la foule, car je n'ai pas encore réussi à le rejoindre.

C'était déjà le crépuscule mais personne n'avait allumé les lampes et cette réunion se tenait dans une sorte de pénombre. Il faisait très chaud dans le bureau. On avait dû apporter deux chaises du bureau voisin.

— Je n'ai aucune preuve de la culpabilité du personnage. Seulement des présomptions. Et aussi son obstination à se comporter comme un coupable.

« Depuis cet après-midi, je connais son identité

et je connais aussi son histoire, qui paraît à première vue incroyable.

« Il s'agit du comptable du marchand de vin. Un humble. Un gagne-petit. Il est marié depuis huit ans. Sa femme, qui était vendeuse, a assez vite cessé de travailler et lui reprochait de ne pas gagner plus d'argent. Prenez son nom et son adresse, Lourtie. Je vous dirai tout à l'heure pourquoi. Liliane Pigou, 57 bis, rue Froidevaux. C'est en face du cimetière du Montparnasse. Elle passe le plus clair de ses journées couchée sur un divan, à moitié nue, à écouter des disques, à fumer cigarette sur cigarette et à lire des magazines et des bandes dessinées.

« Si je vous ai réunis, c'est que j'ai décidé de mettre la main sur lui coûte que coûte. Il est probablement armé, mais je ne crois pas qu'il essaie de tirer.

« Vous, Janvier, vous allez choisir six hommes qui se relayeront deux par deux quai des Orfèvres. L'individu m'y a téléphoné par deux fois, m'a écrit une assez longue lettre, et, une fois au moins, m'a guetté du trottoir d'en face. Il a malheureusement trouvé le moyen de disparaître avant d'être rejoint. »

L'air commençait à être bleuâtre. Maigret alluma la lampe à abat-jour vert qui se trouvait sur son bureau mais n'alluma pas le plafonnier, de sorte que des pans de la pièce restaient dans l'ombre où les visages se détachaient.

— Notez tous son signalement. Il est plutôt petit, moins d'un mètre soixante-dix. Sans être gros, il est plutôt grassouillet et il a le visage très rond. Il est vêtu d'un complet brun sombre et d'un imperméable froissé. Il fume la cigarette. Enfin, il a une patte un peu folle. Depuis un accident qu'il a eu voilà plusieurs années, il jette la jambe gauche de côté en marchant.

— Brun ? questionna Lourtie.

— Brun, oui, avec des yeux bruns aussi et des lèvres assez épaisses. Il donne l'impression, non pas vraiment d'un clochard, mais d'un homme qui arrive au bout de son rouleau.

« Si je veux toujours deux hommes en faction, c'est à cause de son habileté à s'éclipser.

« Compris, Janvier ? »

— Oui, patron.

Maigret se tourna vers le gros Lourtie qui tirait à petites bouffées sur sa pipe.

— Ce que je viens de dire à Janvier vaut pour vous également. Les uns comme les autres n'avez pas à rester personnellement en faction mais vous devez veiller à ce que vos hommes soient en place et se relayent régulièrement.

— Ce sera fait.

— A vous, Torrence. Une équipe de six, comme les autres. C'est le grand jeu. Je ne veux pas risquer de le voir encore nous filer entre les doigts. Votre secteur est la place des Vosges, autour de la maison des Chabut. Mme Chabut est une belle femme d'environ quarante ans, très élégante, habillée chez les meilleurs couturiers. Elle a un chauffeur et une voiture Mercédès. Si elle se sert à l'occasion de l'auto de son mari, celle-ci est une Jaguar rouge décapotable.

Ils se regardaient les uns les autres comme des écoliers en classe.

— A Lucas, à présent. Toi, Lucas, tu couvriras

le quai de Charenton. Nous sommes samedi. Il ne doit y avoir personne dans les bureaux et dans les chais cet après-midi, personne demain non plus. J'ignore si les bâtiments sont gardés.

— J'ai compris, patron.

— Je fais surveiller les points où il est le plus probable qu'il se manifeste. Il ne s'approche jamais de très près. On dirait qu'il est fasciné par notre enquête, qu'il cherche par tous les moyens à deviner ce qui se passe et ce qui va se passer.

« Je me demande même, si, peut-être à son insu, il n'éprouve pas un obscur désir de se faire prendre. »

— Et moi ? questionna Lapointe.

— Tu restes ici, à ma disposition, toujours prêt à venir me chercher à n'importe quelle heure. Tu réunis aussi les informations qui pourront te parvenir et tu me tiens au courant par téléphone.

Ils croyaient que c'était terminé et ils étaient sur le point de se lever, quand Maigret les retint du geste.

— Il y a des points qui restent obscurs. Cet homme a perdu sa place vers la fin juin. Selon toute vraisemblance, il n'avait pas d'économies, à moins qu'il ne les ait cachées à sa femme, à qui il remettait mensuellement tout ce qu'il gagnait. Son patron ne lui a pas payé le mois de juin, gardant cet argent pour couvrir en partie les détournements. Or, le 30 juin, il est rentré chez lui avec la même somme que les autres fins de mois.

« Jusqu'en septembre, il a quitté son appartement aux mêmes heures que d'habitude, est rentré aux mêmes heures aussi, de sorte que sa femme ignorait qu'il ne travaillait plus quai de Charenton.

« Je suppose qu'il a cherché du travail, qu'il n'en a pas trouvé.

« En septembre, il a disparu. Depuis lors, on dirait qu'il a fait le plongeon, qu'il a renoncé à se débattre et, à son aspect, il donne à penser qu'il ne dort pas toutes les nuits dans un lit.

« Il lui fallait bien trouver ne fût-ce que quelques francs par jour pour manger. Or, il y a un endroit qui attire irrésistiblement les êtres à la traîne : les Halles. Je ne sais pas où ils iront quand, dans quelques mois, elles seront transférées à Rungis. »

La sonnerie du téléphone retentit.

— Allô. Le commissaire Maigret ? C'est toujours le même homme qui insiste pour vous parler personnellement.

— Passez-le-moi.

Et il dit aux autres :

— C'est lui ! Allô, oui. J'écoute...

— Vous avez vu ma femme. Je m'en doutais. Vous êtes resté longtemps avec elle tandis que votre inspecteur attendait dans un bar voisin. Est-ce qu'elle m'en veut beaucoup ?

— A mon avis, pas du tout.

— Elle n'est pas trop malheureuse ?

— Elle ne m'a pas fait l'effet de quelqu'un de malheureux.

— Elle n'a pas parlé d'argent ?

— Non.

— Je me demande de quoi elle vit.

— Elle est allée voir Chabut il y a quelques semaines et il lui a donné mille francs.

Il y eut un ricanement à l'autre bout du fil.

— Qu'est-ce que mon père vous a dit ?

C'était stupéfiant. Il savait à peu près tout ce que faisait Maigret. Or, il n'avait pas de voiture, pas d'argent pour prendre des taxis. Il allait et venait à travers Paris, avec sa patte folle, sans se faire remarquer, et il disparaissait comme par magie dès qu'on le reconnaissait.

— Il ne m'a rien dit de particulier. J'ai compris qu'il n'aime pas beaucoup votre femme.

— Vous voulez dire qu'il la déteste. C'est pour cela que nous nous sommes brouillés. J'avais à choisir entre elle et lui...

Il semblait bien avoir joué le mauvais cheval.

— Pourquoi ne venez-vous pas me voir ici, quai des Orfèvres, que nous ayons une conversation en tête à tête ? Si vous n'avez pas tué Chabut, vous repartirez aussi libre que vous serez entré. Dans le cas contraire, un bon avocat vous fera avoir le minimum, s'il ne parvient pas à vous faire acquitter. Allô !... Allô !...

Gilbert Pigou avait raccroché.

— Vous avez entendu. Il sait déjà que je suis allé voir sa femme dans leur appartement et que je me suis rendu ensuite chez son père.

C'était presque un jeu auquel, jusqu'à présent, Pigou gagnait à tout coup. Pourtant, il n'était pas particulièrement intelligent. Au contraire.

— Où en étais-je ? Ah ! oui. Aux Halles. C'est l'endroit de Paris où il y a le plus de chances de retrouver un homme en train de couler. Je voudrais que, dès la nuit prochaine, une douzaine d'hommes ratissent soigneusement le secteur. Ils pourront demander de l'aide aux inspecteurs du Ier arrondissement à qui les lieux sont plus familiers.

Est-ce que toutes ces mesures allaient se révéler inutiles ? Il n'était pas défendu d'espérer mais les chances étaient assez faibles que Pigou se fasse prendre. Pour un peu, il était une fois de plus dehors, sur le trottoir d'en face, à regarder les fenêtres éclairées du bureau de Maigret.

— C'est tout, mes enfants.

Au moment où ils se levaient comme des écoliers, et allaient se diriger vers la porte, Maigret reprit encore la parole.

— Une recommandation importante. Aucun des hommes ne doit être armé. Cela vaut pour vous aussi. Je ne veux à aucun prix, quoi qu'il arrive, qu'on lui tire dessus.

— Et s'il tire le premier, grommela le gros Lourtie.

— J'ai dit « à aucun prix ». D'ailleurs, il ne tirera pas. Je tiens à l'avoir vivant et en bon état.

Il était cinq heures et demie. Maigret avait fait tout ce qu'il pouvait. Il ne lui restait plus qu'à attendre les événements. Il était fatigué et sa grippe l'handicapait toujours.

— Lapointe. Reste un instant. Qu'est-ce que tu penses de mon plan ?

— Il n'est pas impossible que cela réussisse.

L'inspecteur n'avait guère confiance.

— Si vous voulez mon opinion sincère, ou bien nous l'accrocherons par hasard, Dieu sait quand, ou bien il nous échappera aussi longtemps qu'il aura décidé de ne pas se laisser prendre.

— Je suis tenté de le penser aussi, mais je suis obligé de prendre des dispositions. Tu vas me reconduire chez moi. J'ai hâte d'être en pantoufles au coin du feu, hâte aussi de me glisser dans mon lit.

Il avait le sang à la tête et commençait à avoir mal à la gorge. Est-ce que sa grippe était en réalité une angine ?

Quand il fut dans la voiture, il regarda curieusement autour de lui mais n'aperçut pas la silhouette qui le préoccupait tant.

— Passe un moment à la brasserie Dauphine.

Il avait un mauvais goût à la bouche et il ressentait le besoin, avant de rentrer chez lui, d'un verre de bière bien frais.

— Qu'est-ce que tu prends ?

— Une bière aussi. Il faisait chaud dans votre bureau.

Maigret en but deux, avidement, s'essuya les lèvres et ralluma sa pipe. Ils retrouvaient, au Châtelet, les lumières de Noël et les guirlandes qui allaient d'un trottoir à l'autre. Dans un grand magasin on entendait les haut-parleurs qui diffusaient des morceaux de circonstance.

Devant chez lui aussi, il regarda à gauche et à droite dans l'espoir d'apercevoir Pigou mais il ne découvrit aucune silhouette ressemblant à la sienne.

— Bonne nuit, mon petit.

— Meilleure santé, patron.

Il gravit lentement les marches et arriva époumonné sur son palier où Mme Maigret l'attendait. Du premier coup d'œil, elle comprit qu'il n'allait pas mieux et qu'il se laissait décourager.

— Entre vite. Ne prends pas froid.

Il avait au contraire trop chaud et il était en

transpiration. Il retira son lourd pardessus, son écharpe, desserra sa cravate et alla se laisser tomber avec un soupir dans son fauteuil.

— Je commence à avoir mal à la gorge.

Elle ne prenait pas sa maladie au tragique car, presque tous les ans, il faisait une grippe d'une semaine ou deux. Il avait tendance à l'oublier et il avait horreur de se sentir amoindri.

— Personne n'a téléphoné ?

— Tu attends un coup de téléphone ?

— Plus ou moins. Il m'a appelé tout à l'heure au Quai et il doit connaître notre adresse ici. Il est en pleine effervescence et il éprouve le besoin d'entrer en contact avec moi.

Cela lui rappelait de vieilles affaires, entre autres le cas d'un meurtrier qui, pendant près de trente jours, lui avait écrit plusieurs pages quotidiennes, chaque fois d'une brasserie différente dont, celui-là, laissait l'en-tête. Il aurait fallu, pour mettre la main dessus, faire surveiller toutes les brasseries et tous les cafés de Paris et les effectifs de police n'auraient pas suffi.

Un matin, Maigret avait aperçu dans l'aquarium, la salle d'attente vitrée du quai des Orfèvres, un petit monsieur d'un certain âge qui attendait patiemment.

C'était son homme.

— Qu'est-ce qu'il y a à dîner ?

— De la raie au beurre noir. Cela ne sera pas trop lourd pour toi ?

— Je n'ai pas mal à l'estomac.

— Tu ne veux pas que j'appelle Pardon ?

— Laisse le pauvre homme tranquille. Il a assez de travail avec les malades sérieux.

— Et si je te servais au lit ?

— Pour que, dans une heure, les draps soient détrempés ?

La seule chose qu'il consentit à faire fut de se déshabiller, de passer un pyjama, une robe de chambre et des pantoufles. Il essaya de lire le journal mais son esprit n'y était pas. Il en revenait toujours à Pigou, le petit comptable devenu voleur parce que sa femme lui reprochait d'avoir peur de son patron et de ne pas oser lui demander une augmentation.

Où était-il en ce moment ? Avait-il encore un peu d'argent ? Où et comment se l'était-il procuré ?

Il pensait à Chabut aussi, arrogant, n'ayant que mépris pour autrui, éprouvant le besoin de se rendre désagréable. Il avait réussi insolemment dans ses affaires mais il n'en restait pas moins vulnérable, c'était le même homme qui avait été de porte en porte dans l'espoir de recevoir commande d'une caisse de vin.

Maigret avait connu d'autres timides qui s'en prenaient à tous ceux qui les entouraient.

— Le dîner est servi.

Il n'avait pas faim. Il mangea quand même. Il avait une certaine difficulté à avaler. Peut-être que le lendemain sa voix serait cassée ?

Les hommes du Quai avaient déjà dû prendre leur poste dans les endroits qu'il leur avait assignés. Maigret avait failli ajouter :

— Vous en mettrez aussi en face de chez moi, boulevard Richard-Lenoir.

Une sorte de respect humain l'en avait empêché. On aurait pu croire qu'il avait peur. En se levant, de table, il alla jeter un coup d'œil par la fenêtre. Il ne pleuvait pas mais le vent soufflait avec une certaine force, le vent d'est à nouveau, qui allait apporter du froid. Il vit deux amoureux qui passaient bras dessus bras dessous en s'arrêtant tous les quelques mètres pour s'embrasser.

Il aperçut aussi des agents cyclistes, en pèlerine, qui faisaient paisiblement leur ronde. La plupart des fenêtres, de l'autre côté du boulevard, étaient éclairées et, derrière certains rideaux, on apercevait des silhouettes, entre autres celles de toute une famille autour d'une table ronde.

— Tu ne prends pas la télévision ?

— Non.

Il n'avait envie de rien. Seulement de grogner, comme chaque fois qu'il était mal dans sa peau ou qu'une enquête traînait en longueur.

Il refusait de se coucher plus tôt que d'habitude et il se remit à parcourir le journal. Une demi-heure plus tard, il alla de nouveau se camper devant la fenêtre, cherchant des yeux une silhouette qui lui était devenue presque familière.

Il n'y avait personne sur les trottoirs et seul un taxi descendait le boulevard.

— Tu crois qu'il viendra ?

— Comment le saurais-je ?

— Tu as l'air de t'attendre à quelque chose.

— Je m'attends toujours à quelque chose. Cela pourrait aussi bien être un coup de téléphone de Lapointe.

— Il est de garde ?

— Toute la nuit. C'est lui qui est chargé de centraliser tous les renseignements qui pourraient arriver.

— Tu penses que cet homme-là commence à s'affoler ?

— Non. Il garde son sang-froid. Il ne paraît pas se rendre compte de sa situation. C'est un être qui a été humilié toute sa vie. Pendant des années, il a courbé la tête. Tout à coup, il se sent en quelque sorte libéré. Toute la police s'occupe de lui sans parvenir à s'en saisir. N'est-ce pas une sorte de triomphe ? Il est devenu un homme important.

— Et il sera encore plus important quand il passera aux assises.

— C'est pourquoi il hésite entre se faire prendre ou continuer à jouer avec nous au chat et à la souris.

Il lisait à nouveau. Sa pipe n'avait pas bon goût mais il la fumait quand même, pour ainsi dire par principe. Lui non plus ne voulait pas céder, céder à la grippe, et il tenait les yeux ouverts alors que ses paupières étaient rouges et picotantes.

A neuf heures et demie, il se leva une fois encore et se dirigea vers la fenêtre. Il y avait un homme sur le trottoir en face, un homme qui avait la tête levée et qui semblait fixer les fenêtres de l'appartement.

*
* *

Mme Maigret, qui se trouvait assise près de la table, ouvrit la bouche pour poser une question. En même temps son regard tombait sur le large dos de son mari qui, rigoureusement immobile, comme tendu, paraissait plus large encore.

Il y avait, dans cette immobilité subite, quelque chose de mystérieux, de presque solennel.

Maigret regardait l'homme sans oser bouger, comme s'il craignait de l'effaroucher et l'homme, de son côté, le regardait à travers la mousseline du rideau où il ne devait constituer qu'une silhouette.

Un jour, à Meung-sur-Loire, alors que le commissaire était étendu dans un transatlantique, un écureuil était descendu du platane, dans le fond du jardin.

Il était d'abord resté sans bouger et on voyait battre son cœur sous le poil soyeux de sa poitrine. Prudemment, il avait ensuite avancé de quelques centimètres pour s'immobiliser à nouveau.

Tandis que Maigret osait à peine respirer, le petit animal roux regardait fixement l'homme qui semblait le fasciner mais tout son corps restait tendu, prêt à la fuite.

Tout se passait lentement, comme au ralenti, étape par étape. L'écureuil s'enhardissait, réduisait la distance entre eux d'un bon mètre. Cette approche prudente avait duré plus de dix minutes et, à la fin, l'écureuil était à cinquante centimètres à peine de la main qui pendait.

Avait-il envie d'être caressé ? Ce n'était en tout cas pas pour cette fois-là. Il avait regardé la main, le visage, puis à nouveau la main et il avait regagné l'arbre en quelques bonds.

Ce souvenir revenait à Maigret tandis qu'il regardait fixement la silhouette d'homme sur le trottoir d'en face. Gilbert Pigou, lui aussi, était comme fasciné par le commissaire qu'il avait en quelque sorte suivi à la piste.

Mais, tout comme l'écureuil, il était prêt à bondir à la moindre alerte. Il était inutile que le commissaire s'habille, descende. Il ne trouverait plus personne sur le trottoir. Téléphoner au plus proche poste de police ne servirait à rien non plus.

Essayait-il de se donner du courage pour traverser le boulevard et pénétrer dans la maison ? Ce n'était pas impossible. Il n'avait pas d'ami, pas de confident.

Il avait fait ce qu'il avait décidé de faire : abattre Oscar Chabut. Il s'était ensuite enfui. Pourquoi s'être enfui ? Par un réflexe, sans doute. Qu'avait-il l'intention de faire à présent ? Continuer à jouer les hommes traqués ?

Cela dut bien durer dix minutes, comme avec l'écureuil. A un certain moment l'homme avança d'un pas mais, presque aussitôt, il fit demi-tour et, après un dernier regard à la fenêtre, il s'éloigna dans la direction de la rue du Chemin-Vert.

La masse du commissaire perdit sa rigidité. Il resta encore un moment devant la fenêtre, comme pour reprendre son aspect habituel, puis il alla chercher une pipe sur le buffet.

— C'était lui ?

— Oui.

— Tu crois qu'il a envie de venir te voir ?

— Il en est tenté. Je pense qu'il a peur d'être déçu. Un homme comme lui est très susceptible. Il voudrait qu'on le comprenne et en même temps il se dit que c'est impossible.

— Que va-t-il faire ?

— Sans doute marcher, aller Dieu sait où, tout seul, en roulant ses pensées dans sa tête, peut-être en parlant à mi-voix.

Il avait à peine repris place dans son fauteuil que le téléphone sonnait et il décrocha le combiné.

— Oui.

— Le commissaire Maigret ?

— Oui, mon petit.

Il reconnaissait la voix de Lapointe.

— On a déjà obtenu un résultat, patron. Grâce aux inspecteurs du 1er arrondissement, et surtout de l'un d'entre eux, l'inspecteur Lebœuf, qui connaît les Halles comme son propre appartement. Jusqu'à il y a quinze jours, Pigou a occupé une chambre, si on peut appeler ça une chambre, rue de la Grande-Truanderie.

Maigret connaissait cette rue qui, la nuit, rappelle le temps de la Cour des Miracles. On n'y voit que des déchets humains qui s'entassent pour y boire du vin rouge ou du bouillon, dans des bistrots puants. Certains y passent la nuit, assis sur leur chaise ou adossés au mur. On compte presque autant de femmes que d'hommes et elles ne sont pas les moins saoules ni les moins crasseuses.

C'est vraiment le fond, la lie, plus sinistre ici encore que sous les ponts. Dans la rue aux vieux pavés, d'autres femmes, la plupart âgées et difformes, attendent le client à la porte des hôtels.

— Il était à l'hôtel du Cygne. Trois francs par jour pour un lit de fer et une paillasse. Pas d'eau courante. Les cabinets dans la cour.

— Je connais.

— Il paraît que la nuit il allait décharger des camions de légumes et de fruits. Il ne rentrait qu'au petit matin et il restait couché une partie de la journée.

— Quand a-t-il quitté l'hôtel ?

— Le patron dit qu'il ne l'a pas revu depuis

deux semaines. Sa chambre a été louée tout de suite à quelqu'un d'autre.

— On continue à chercher dans le quartier ?

— Oui. Ils sont une quinzaine à se partager la besogne. Les inspecteurs du 1er arrondissement demandent pourquoi on ne fait pas une rafle comme ils en organisent périodiquement.

— Surtout pas ça. Tu leur as bien recommandé de se montrer discrets ?

— Oui, patron.

— Tu n'as pas de nouvelles des autres ?

— Rien.

— Il y a quelques minutes, Pigou était ici, boulevard Richard-Lenoir.

— Vous l'avez vu ?

— De ma fenêtre. Il était arrêté en face, sur l'autre trottoir.

— Vous n'avez pas essayé de le rejoindre ?

— Non.

— Il est reparti ?

— Oui. Peut-être reviendra-t-il. Il est possible qu'au dernier moment il ne parvienne pas à se décider et qu'il s'éloigne à nouveau.

— Vous n'avez pas d'autres instructions à me donner ?

— Non. Bonne nuit, mon petit.

— Bonne nuit, patron.

Maigret se sentait lourd et, avant de se rasseoir, il se versa un petit verre de prunelle.

— Tu ne crois pas que cela va te donner chaud ?

— On boit bien des grogs contre la grippe. Ce qui, entre parenthèses, n'est pas du goût de Pardon.

— Il va être temps que nous les invitions à dîner. Voilà plus d'un mois que nous ne les avons vus.

— Laisse-moi en terminer avec cette affaire. Lapointe a du nouveau. On sait maintenant où Pigou a passé plusieurs semaines, sinon plusieurs mois. Dans un taudis des Halles qu'on appelle poétiquement l'hôtel du Cygne.

— Il en est parti ?

— Il y a deux semaines.

Maigret refusait de se coucher avant une heure raisonnable et la première heure raisonnable, pour lui, était dix heures. Il regardait de temps en temps la pendule, puis il s'efforçait de lire son journal. Après avoir parcouru quelques lignes, il aurait été incapable de dire de quoi elles traitaient.

— Tu tombes de fatigue.

— Dans dix minutes, nous nous couchons.

— Prends donc ta température.

— Si tu veux.

C'est elle qui lui apporta le thermomètre et il le garda docilement dans la bouche pendant cinq minutes.

— 38°

— Demain, si tu as encore de la fièvre, je téléphone à Pardon, que tu le veuilles ou non.

— Demain, c'est dimanche.

— Pardon se dérangera quand même.

Mme Maigret alla se mettre en tenue de nuit. Elle lui parlait d'une pièce à l'autre.

— Je n'aime pas quand tu commences à avoir la gorge rouge. Dans un moment, je vais te badigeonner.

— Tu sais bien que tu risques de me faire vomir.

— Tu ne sentiras rien. Tu m'as dit la même chose la dernière fois et cela s'est très bien passé.

C'était un liquide visqueux, à base de bleu de méthylène, dont on lui barbouillait la gorge à l'aide d'un pinceau. Le médicament était démodé mais Mme Maigret y restait fidèle depuis plus de vingt ans.

— Ouvre bien la bouche.

Avant de se coucher, il ne put se retenir d'aller encore une fois regarder par la fenêtre avant de fermer les persiennes.

Il n'y avait personne sur le trottoir d'en face et le vent soufflait de plus en plus fort, soulevant la poussière sur la partie centrale du boulevard.

*
* *

Il dormait si profondément, d'un sommeil fiévreux, qu'il mit tout un temps à revenir à la surface. Quelque chose de vivant lui touchait le bras avec insistance et son premier mouvement fut de reculer.

C'était une main, qui semblait vouloir lui transmettre un message, et il la repoussa une seconde fois, fit mine de se retourner.

— Maigret...

La voix de sa femme était à peine audible.

— Il est là, sur le palier. Il n'a pas osé sonner mais il a frappé de petits coups. Tu m'entends ?

— Quoi ?

Il étendait le bras pour allumer la lampe de chevet et il regardait autour de lui avec étonnement. Qu'était-il occupé à rêver l'instant d'avant ? Il l'avait déjà oublié, mais il avait l'impression de revenir de très loin, d'un autre monde.

— Qu'est-ce que tu as dit ?

— Il est là. Il a frappé discrètement à la porte.

Il se leva et alla chercher sa robe de chambre sur le fauteuil.

— Quelle heure est-il ?

— Deux heures et demie.

Il prit la pipe qu'il n'avait pas finie au moment de se coucher et qu'il ralluma.

— Tu n'as pas peur de...

Il alluma en passant dans le salon, se dirigea vers la porte d'entrée, resta un instant immobile et ouvrit enfin la porte.

La minuterie s'était éteinte depuis longtemps et l'homme émergeait de l'obscurité, éclairé par les lumières de l'appartement. Il cherchait quelque chose à dire. Il avait dû préparer tout un discours mais, devant Maigret qui était à deux pas de lui, en robe de chambre et les cheveux en désordre, il était si impressionné qu'il ne pouvait que balbutier :

— Je vous dérange, n'est-ce pas ?

— Entrez, Pigou.

Il pouvait encore se précipiter dans la cage d'escalier et s'enfuir, car il était plus jeune et plus leste que le commissaire. La porte franchie, il serait trop tard et Maigret avait soin de rester immobile, comme avec l'écureuil.

L'hésitation ne dura sans doute que quelques secondes mais le temps parut très long. L'homme s'avança. Maigret pensa un moment fermer la porte à clef et mettre la clef dans sa poche, mais il finit par hausser les épaules.

— Vous n'avez pas froid ?

— La nuit n'est pas chaude. C'est surtout la bise.

— Asseyez-vous là. Quand vous serez réchauffé, vous pourrez retirer votre imperméable.

Il alla jusqu'à la porte de la chambre, dit de loin à sa femme, qui était en train de s'habiller :

— Tu nous prépareras deux grogs.

Après quoi, détendu, il s'assit en face de son visiteur. Il le voyait enfin de près. Il avait rarement été aussi curieux de quelqu'un que de lui.

Ce qui le surprenait le plus, c'était la jeunesse de Pigou. Son visage rond, un peu joufflu, quelque chose d'inachevé, d'enfantin.

— Quel âge avez-vous ?

— Quarante-quatre ans.

— Vous ne les paraissez pas.

— C'est pour moi que vous avez commandé un grog ?

— Pour moi aussi. J'ai la grippe, peut-être une angine et cela me fera du bien.

— D'habitude, je ne bois pas, en dehors d'un verre de vin par repas. Vous me trouvez sale, n'est-ce pas ? Il y a longtemps que je n'ai pas pu faire nettoyer mes vêtements. La dernière fois que je me suis lavé à l'eau chaude, c'était il y a une semaine, dans une maison de bains publics de la rue Saint-Martin.

Ils s'observaient mutuellement tout en parlant du bout des lèvres.

— Je m'attendais à ce que vous veniez tout à l'heure.

— Vous m'avez vu ?

— J'ai même senti que vous hésitiez. Vous avez fait un pas en avant, puis vous êtes parti vers la rue du Chemin-Vert.

— Moi, je voyais votre silhouette à la fenêtre. Comme je n'étais pas éclairé, j'ignorais si vous pouviez me voir et surtout me reconnaître.

Il tressaillit en entendant du bruit, toujours comme l'écureuil. C'était Mme Maigret qui apportait les grogs et qui évitait discrètement de dévisager le visiteur.

— Beaucoup de sucre ?

— S'il vous plaît.

— Du citron ?

Elle lui prépara son verre et le posa sur un guéridon en face de lui. Puis elle servit son mari.

— Si tu as besoin de quelque chose, appelle-moi.

— Qui sait ? Peut-être, tout à l'heure, de nouveaux grogs.

On sentait que Pigou avait été un garçon bien élevé et qu'il tenait à se conduire convenablement. Son verre à la main, il attendait pour boire que le commissaire le fasse le premier.

— C'est brûlant, mais cela fait du bien, n'est-ce pas ?

— En tout cas, cela va vous réchauffer. Maintenant, vous pouvez peut-être retirer votre imperméable.

Il le fit. Son complet, qui n'était pas mal coupé, était fripé et portait plusieurs taches, dont une assez grande de peinture blanche.

Maintenant, ils ne trouvaient rien à dire. Ils savaient l'un et l'autre que, quand ils parleraient à nouveau, ce serait pour aborder les choses sérieuses et ils hésitaient l'un et l'autre, pour des raisons différentes.

Le silence dura longtemps. Chacun reprit une gorgée de grog. Maigret se leva pour aller bourrer une autre pipe.

— Vous fumez ?

— Je n'ai plus de cigarettes.

Il y en avait dans le tiroir du buffet et Maigret les tendit à son visiteur. Celui-ci, troublé, le regardait comme s'il n'en croyait pas ses yeux tandis que le commissaire approchait une allumette enflammée de la cigarette.

Ils furent tous deux assis à nouveau et alors Pigou prononça :

— Je dois tout d'abord m'excuser d'être venu vous déranger chez vous, au milieu de la nuit pardessus le marché... J'avais peur de me rendre au quai des Orfèvres. Et je ne pouvais pas continuer à marcher seul dans les rues de Paris.

Maigret ne perdait pas une expression de son visage. Dans l'intimité de l'appartement, un grog à portée de la main, sa pipe à la bouche, il avait l'air d'un aîné bienveillant à qui l'on peut tout dire.

CHAPITRE VII

— QU'EST-CE QUE vous pensez de moi ?

C'étaient presque ses premières paroles, et on sentait qu'à ses yeux cette question était capitale. Il avait dû en chercher la réponse, toute sa vie, dans les yeux des gens.

Que lui répondre ?

— Je ne vous connais pas encore beaucoup, murmura Maigret en souriant.

— Vous êtes gentil comme ça avec tous les criminels ?

— Je peux être très méchant aussi.

— Avec quel genre de gens, par exemple ?

— Des hommes comme Oscar Chabut.

Du coup les yeux de Pigou s'éclairaient comme s'il venait de trouver un allié.

— Vous savez, c'est vrai que je lui ai volé un peu d'argent. A peine ce qu'il dépensait par mois en pourboires. Mais le vrai voleur, c'était lui. Il m'a volé ma dignité, la fierté d'être un homme, il m'a amoindri au point que j'avais presque honte de vivre.

— Qu'est-ce qui vous a donné l'idée de faire des prélèvements dans la petite caisse ?

— Je dois tout dire, n'est-ce pas ?

— Sinon, ce ne serait pas la peine d'être venu ici.

— Vous avez vu ma femme. Qu'est-ce que vous pensez d'elle ?

— Je la connais mal.

— Elle s'est mariée pour ne plus travailler et je suis surpris qu'elle l'ait encore fait pendant trois ans.

— Deux ans et demi.

— Elle est de ces femmes qui ont envie d'être tranquilles dans leur petit ménage.

— Vous avez deviné ça ?

— C'est très visible.

— Souvent, le soir, c'était moi qui devais faire le ménage. Si je l'avais écoutée, nous serions allés tous les jours au restaurant pour lui éviter du travail. Je ne crois pas que ce soit sa faute. Elle est lymphatique. Ses sœurs sont comme elle.

— Elles vivent à Paris ?

— Une est à Alger, mariée à un ingénieur spécialisé dans les pétroles. Une autre habite Marseille et a trois enfants.

— Pourquoi, vous, n'avez-vous pas d'enfants ?

— J'en aurais voulu, mais Liliane refusait catégoriquement d'en avoir.

— Je comprends.

— Elle a une troisième sœur et un frère qui...

Il secoua la tête.

— A quoi bon parler de tout ça ? On dirait que je cherche à diminuer ma responsabilité.

Il buvait une gorgée de rhum, allumait une seconde cigarette.

— Je vous tiens debout, à cette heure...

— Continuez. Votre femme, elle aussi, vous humiliait.

— Comment le savez-vous ?

— Elle vous reprochait de ne pas gagner assez d'argent, n'est-ce pas ?

— Elle répétait toujours qu'elle se demandait comment elle avait pu m'épouser.

« Et elle soupirait alors :

« — Passer toute ma vie dans un deux-pièces cuisine sans même une femme de ménage. »

Il avait l'air de parler pour lui-même et il ne regardait pas Maigret mais un coin du tapis.

— Elle vous trompait ?

— Oui. Depuis la première année de notre mariage. Je ne l'ai su qu'après, deux ou trois ans plus tard. Un jour que j'avais dû quitter le bureau pendant les heures de travail pour aller chez le dentiste, je l'ai vue au bras d'un homme, près de la Madeleine, et ils sont entrés tous les deux dans un hôtel.

— Vous lui en avez parlé ?

— Oui. C'est elle, en fin de compte, qui m'a accablé de reproches. Je ne lui procurais pas le genre de vie auquel une femme jeune pouvait s'attendre. Le soir, j'étais tout endormi et il fallait qu'elle m'entraîne presque de force au cinéma. Des vérités de ce genre-là. Y compris que je ne la satisfaisais pas sexuellement...

Il avait rougi à ces derniers mots et cette accusation avait dû lui être la plus pénible.

— Un jour, le jour de son anniversaire, il y a

trois ans, j'ai pris dans la caisse juste de quoi nous payer un bon dîner et je l'ai conduite dans un restaurant des Grands Boulevards.

— Je crois que je vais recevoir une augmentation, lui annonçai-je.

— Il est grand temps. Ton patron devrait avoir honte de te payer aussi peu qu'il le fait. Si j'allais le trouver, moi, je saurais que lui dire.

— Vous ne preniez que de petites sommes ?

— Oui. Au début, j'ai prétendu avoir été augmenté de cinquante francs par mois. Elle n'a pas tardé à trouver cette somme insuffisante et je me suis augmenté, pour ainsi dire, de cent francs.

— Vous n'aviez pas peur d'être découvert ?

— C'était devenu une habitude. Personne ne contrôlait mes livres. C'était si peu de chose dans tous les rouages de la maison !

— Une fois, vous avez pris un billet de cinq cents francs.

— C'était pour Noël. J'ai prétendu que j'avais reçu une gratification. Je finissais presque par y croire. Cela me haussait à mes propres yeux.

« Voyez-vous, je n'ai jamais eu une haute idée de moi-même. Mon père aurait voulu que j'entre comme lui au Crédit Lyonnais, mais j'aurais subi la comparaison avec des gens beaucoup plus brillants que moi. Quai de Charenton, j'étais tranquille dans mon coin et on ne s'occupait pratiquement pas de moi. »

— Comment Chabut s'est-il aperçu de vos détournements ?

— Ce n'est pas lui qui les a découverts mais M. Louceck. Il venait de loin en loin jeter un coup d'œil à ma comptabilité. Quelque chose a dû lui mettre la puce à l'oreille. Au lieu de m'en parler, de me poser des questions, il a fait comme si de rien n'était et a mis M. Chabut au courant.

— C'était en juin ?

— Fin juin, oui. Le 28 juin, je m'en souviendrai toujours. Il m'a fait dire de monter dans son bureau. La secrétaire était là et il ne l'a pas fait sortir. Je n'étais pas inquiet car il ne me venait pas à l'esprit que mes tricheries avaient été découvertes.

— Il vous a fait asseoir.

— Oui. Comment le savez-vous ?

— La Sauterelle, je veux dire Anne-Marie, m'a raconté la scène. Après quelques minutes, elle était aussi gênée que vous.

— Et moi j'étais gêné d'être pour ainsi dire piétiné devant une femme. Il a trouvé les mots les plus méprisants, les plus blessants. J'aurais préféré de loin qu'il me remette entre les mains de la police.

« On aurait dit qu'il y prenait plaisir. Chaque fois que je croyais que c'était fini, il reprenait de plus belle. Vous savez ce qu'il me reprochait le plus ? De n'avoir subtilisé que de petites sommes.

« Il prétendait qu'il aurait respecté un vrai voleur, mais pas un petit tripatouilleur sans envergure. »

Il se tut un instant pour reprendre son souffle, car il venait de parler avec une certaine véhémence et son visage était devenu cramoisi. Il but encore une gorgée. Maigret fit comme lui.

— Quand il m'a ordonné de m'approcher de lui, je n'avais pas la moindre idée de ce qu'il allait faire mais j'avais quand même peur. La gifle est arrivée de plein fouet et la trace des doigts a dû rester un bon moment imprimée sur ma joue.

« On ne m'avait jamais giflé. Même quand j'étais gosse, mes parents ne me frappaient pas. Je suis resté là, oscillant, sans réaction, et il m'a lancé quelque chose comme :

« — Et maintenant, disparaissez...

« Je ne sais plus si c'est à ce moment-là ou un peu avant qu'il m'a annoncé qu'il ne me donnerait pas de certificat et qu'il verrait à m'empêcher de trouver une place décente. »

— Il était humilié, lui aussi, murmura Maigret très doucement.

Pigou se tourna vivement vers lui, si surpris qu'il en gardait la bouche ouverte.

— Il vous a d'ailleurs dit qu'on ne se moquait pas de lui impunément.

— C'est vrai. Je n'ai pas compris que c'était la raison profonde de son attitude. Vous pensez qu'il était vexé ?

— Plus que vexé : il était un homme fort, un homme qui se considérait en tout cas comme fort et qui avait réussi dans tout ce qu'il entreprenait. N'oubliez pas qu'il a commencé par faire du porte à porte avec des encyclopédies.

« Pour lui, c'est à peine si vous existiez. Vous vivotiez vaguement dans une pièce du rez-de-chaussée où il ne mettait pratiquement jamais les pieds et c'était un peu comme une grâce qu'il vous faisait de vous garder. »

— C'est bien lui, oui.

— Lui aussi avait besoin de se rassurer et c'est pourquoi il s'attaquait à toutes les femmes qui l'approchaient.

Gilbert Pigou haussait les sourcils, soudain inquiet.

— Vous voulez dire qu'il était à plaindre ?

— Chacun de nous est plus ou moins à plaindre. J'essaie de comprendre. Je n'ambitionne pas de fixer les responsabilités de chacun. Vous avez quitté le quai de Charenton. Où êtes-vous allé d'abord ?

— Il était onze heures du matin. Je n'étais jamais dehors à cette heure-là. Il faisait très chaud. J'ai marché à l'ombre des platanes le long des entrepôts de Bercy, je suis entré dans un bistrot, près du pont d'Austerlitz, et j'ai bu deux ou trois cognacs, je ne sais plus.

— Vous avez déjeuné avec votre femme ?

— Il y avait longtemps qu'elle ne venait plus me retrouver à midi. J'ai beaucoup marché, beaucoup bu, et je suis entré à un moment donné dans un cinéma où il faisait un peu plus frais que dehors, car j'avais la chemise collée au corps. Souvenez-vous. Le mois de juin a été torride.

On avait l'impression qu'il ne voulait omettre aucun détail. Il avait besoin de s'expliquer et, puisqu'on le lui permettait, puisqu'on l'écoutait avec un intérêt évident, il s'efforçait de ne rien laisser dans l'ombre.

— Le soir, votre femme ne s'est pas aperçue que vous aviez bu ?

— Je lui ai dit que le personnel m'avait offert l'apéritif parce que je venais de monter en grade et de passer avenue de l'Opéra.

Maigret ne souriait pas de cette naïveté et, au contraire, son visage était grave.

— Comment avez-vous fait pour être en mesure,

le surlendemain, de remettre à votre femme l'argent du mois ?

— Je n'avais pas d'économies. Elle me donnait tout juste quarante francs par mois pour mes cigarettes et mon métro. Il fallait que je trouve quelque chose. J'y ai pensé presque toute la nuit. En partant, je lui ai annoncé que je ne rentrerais pas dîner parce que je passerais une partie de la soirée à arranger mon nouveau bureau.

« La veille, je n'avais pas pensé à rendre la clef du coffre. Il devait contenir une somme plus importante que les autres jours car le lendemain était le jour de paie.

« Au cours des années, il m'est arrivé quelquefois de revenir au bureau, le soir, pour un travail urgent. J'emportais la clef de la porte d'entrée.

« Une fois, je l'ai oubliée. J'ai fait le tour du bâtiment, me souvenant que la porte de derrière, voilée, fermait mal, et qu'on pouvait faire mouvoir le pêne avec un canif. »

— Il n'y avait pas de gardien de nuit ?

— Non. J'ai attendu l'obscurité et je me suis glissé dans la cour. La petite porte s'est ouverte comme je l'espérais et j'ai pénétré dans mon ancien bureau. J'ai pris une liasse de billets, sans compter.

— Cela représentait une grosse somme ?

— Plus de trois mois de salaire. J'ai caché les billets, le soir même, au-dessus de la grande armoire, sauf mon traitement du mois. Je suis parti à la même heure que d'habitude. Je ne pouvais pas avouer à Liliane que j'avais été mis à la porte.

— Pourquoi vous inquiétiez-vous tellement de ce qu'elle pouvait penser de vous ?

— Parce qu'elle était une sorte de témoin.

Depuis des années, elle me regardait vivre, d'un œil critique. J'aurais voulu qu'une personne au moins ait confiance en moi.

« Je me suis mis à passer mes journées dehors, à chercher une nouvelle situation. Je m'étais imaginé que ce serait facile. Je lisais les petites annonces et je me précipitais vers les adresses qui étaient données. Quelquefois on faisait la queue et il m'arrivait d'avoir pitié de certains, presque tous des vieux, qui attendaient sans espoir.

« On me questionnait. La première chose qu'on me demandait, c'était mon âge. Quand je répondais quarante-cinq ans, l'entretien n'allait presque jamais plus avant.

« — Ce que nous cherchons, c'est un homme jeune, trente ans au maximum.

« Je me croyais jeune. Je me sentais jeune. Chaque jour je m'assombrissais davantage. Après quinze jours, je ne cherchais plus nécessairement une place de comptable et je me serais contenté d'une place de garçon de bureau, ou de vendeur dans un grand magasin.

« Au mieux, on prenait mon nom et mon adresse :

« — On vous écrira.

« Ceux qui entrevoyaient la possibilité de m'embaucher me demandaient où j'avais travaillé. Après les menaces de Chabut, je n'osais pas le leur dire.

« Un peu partout. J'ai vécu longtemps à l'étranger.

« Il fallait que je précise que c'était en Belgique, ou en Suisse, car je ne parlais que le français.

« — Vous avez des certificats ?

« — Je vous les enverrai.

« Bien entendu, je ne retournais pas dans ces maisons-là.

« Fin juillet, ce fut pire. Beaucoup de bureaux étaient fermés, ou bien les patrons étaient en vacances. J'ai encore apporté mon traitement à la maison ou plutôt j'ai prélevé la somme nécessaire sur ma réserve, au-dessus de l'armoire.

« — Tu es drôle, ces derniers temps, remarqua ma femme. Tu parais plus fatigué que quand tu étais quai de Charenton.

« — Parce que je ne suis pas encore habitué à mon nouveau travail. Il faut que j'apprenne à travailler avec les ordinateurs. Avenue de l'Opéra, ce sont les points de vente qu'on contrôle et il y en a plus de quinze mille. Cela me donne de lourdes responsabilités.

« — Quand auras-tu tes vacances ?

« — Je n'aurai pas le temps d'en prendre cette année. Peut-être à Noël ? Ce serait agréable de prendre pour la première fois des vacances de neige. Toi, tu peux partir. Pourquoi n'irais-tu pas passer trois semaines ou un mois dans ta famille ? »

Comprenait-il ce que ses paroles révélaient de tragique, de misérable ?

— Elle est partie pour un mois. Elle a passé quinze jours chez ses parents, à Aix-en-Provence, où son père est architecte, puis quinze jours dans la villa louée, à Bandol par une de ses sœurs, celle qui a trois enfants.

« Je me sentais tout perdu dans Paris. Je continuais à aller lire les petites annonces rue Réaumur et je me précipitais aux adresses données. Toujours avec aussi peu de succès.

« Je commençais à me rendre compte que Chabut avait raison, que je ne trouverais pas le moindre emploi.

« Je suis allé rôder devant chez lui, place des Vosges, sans raison, juste pour l'apercevoir, mais il était en vacances, lui aussi, à Cannes, sans doute, où ils ont un appartement. »

— Vous le haïssiez ?

— Oui. De toutes mes forces. Cela me paraissait injuste qu'il se dore au soleil pendant que je m'efforçais de trouver du travail dans un Paris de plus en plus vide.

« Il me restait, au-dessus de l'armoire, un peu plus que de quoi verser à ma femme un mois de traitement.

« Et après ? Qu'est-ce que je ferais après ? Il me faudrait lui avouer la vérité et j'étais sûr qu'elle me quitterait. Ce n'était pas la femme à rester avec moi si je n'étais plus capable de subvenir à ses besoins. »

— Vous teniez encore à elle ?

— Je crois que oui. Je ne sais pas.

— Et maintenant ?

— Il me semble qu'elle est devenue petit à petit une étrangère. Je suis étonné de m'être tant préoccupé de ce qu'elle pourrait penser.

— Quand l'avez-vous vue pour la dernière fois ?

— Elle est rentrée du Midi fin août. Je lui ai remis ce qui était censé être ma paie. Je suis encore resté une vingtaine de jours avec elle mais je savais déjà que je n'aurais plus assez d'argent pour la fin du mois.

« Un matin, je suis parti avec l'idée de ne pas revenir, de sorte que je n'ai rien emporté, sinon les quelques centaines de francs qui restaient. »

— Vous êtes allé tout de suite rue de la Grande-Truanderie ?

— Vous savez ça ? Non. J'ai pris une chambre dans un hôtel bon marché mais encore décent et j'ai choisi le quartier de la Bastille où je ne risquais pas de rencontrer ma femme.

— C'est alors que vous vous êtes mis à suivre Oscar Chabut ?

— Je savais où il était de telle à telle heure et je rôdais avenue de l'Opéra, place des Vosges ou quai de Charenton. Je n'ignorais pas non plus que presque tous les mercredis il allait rue Fortuny avec sa secrétaire.

— Quelle était votre intention ?

— Je n'en avais pas. C'était l'homme qui avait joué le plus grand rôle dans ma vie, puisqu'il m'avait enlevé toute dignité et toute possibilité de remonter la pente.

— Vous étiez armé ?

Pigou tira un petit automatique bleuté de la poche de son pantalon, se leva et alla le poser sur le guéridon en face de Maigret.

— Je l'avais emporté pour le cas où l'envie me prendrait de me suicider.

— Vous n'avez pas été tenté de le faire ?

— Plusieurs fois, surtout le soir, mais cela me faisait peur. J'ai toujours eu peur des coups, de la douleur physique. Chabut a peut-être eu raison : je suis un lâche.

— Il faut que je vous interrompe un moment pour donner un coup de téléphone. Vous allez en comprendre la raison.

Il appela le quai des Orfèvres.

— Passez-moi l'inspecteur Lapointe, s'il vous plaît, mademoiselle...

Pigou faillit dire quelque chose mais se tut.

Dans la cuisine Mme Maigret préparait de nouveaux grogs.

CHAPITRE VIII

— C'EST TOI ? QUESTIONNAIT Maigret.

— Vous n'êtes pas couché, patron ? Vous n'avez même pas la voix de quelqu'un qui vient de s'éveiller. Je n'ai reçu aucun rapport.

— Je sais.

— Comment pouvez-vous le savoir ? D'où me téléphonez-vous ?

— De chez moi.

— Il est trois heures du matin.

— Tu peux rappeler tous les hommes. Leurs planques sont finies.

— Vous l'avez découvert ?

— Il est ici, en face de moi, et nous bavardons tranquillement tous les deux.

— Il est venu de lui-même ?

— Je ne me vois pas courant après lui boulevard Richard-Lenoir.

— Comment est-il ?

— Bien.

— Vous avez besoin de moi?

— Pas encore. Mais reste au bureau. Rappelle

les différentes patrouilles. Préviens Janvier, Lucas, Torrence et Lourtie. Je t'appellerai plus tard.

Il raccrocha et se tut pendant que Mme Maigret changeait les verres vides pour des verres pleins.

— J'ai oublié de vous dire, Pigou, que bien que nous soyons chez moi et non au quai des Orfèvres, je reste un policier et que je me réserve le droit de me servir de tout ce que vous pourrez me dire.

— C'est naturel.

— Vous connaissez un bon avocat ?

— Non. Ni bon ni mauvais.

— Vous en aurez besoin demain, quand vous serez entendu par le juge d'instruction. Je vous donnerai quelques noms.

— Je vous remercie.

Le coup de téléphone avait quelque peu refroidi l'atmosphère qui était devenue plus guindée.

— A votre santé.

— A la vôtre.

Et il plaisanta :

— Je ne crois pas que je boirai à nouveau un grog d'ici longtemps. Ils vont me saler, n'est-ce pas ?

— Pour quelle raison vous salerait-on ?

— D'abord, parce que c'était un homme riche et influent. Ensuite, parce que je n'ai même pas une raison à donner.

— Quand l'idée vous est-elle venue de le tuer ?

— Je ne sais pas. J'ai d'abord dû quitter mon hôtel de la Bastille et c'est alors que je suis allé rue de la Grande-Truanderie. Cela a été très dur. Je rentrais au petit jour, après avoir déchargé des légumes aux Halles, et je pleurais chaque fois avant de m'endormir. L'odeur m'écœurait et même les bruits de l'hôtel. Il me semblait que j'étais désormais en marge du monde, dans un univers différent.

« Pendant la journée, il m'arrivait encore de me traîner place des Vosges, quai de Charenton, avenue de l'Opéra, et, deux ou trois fois, je suis même allé guetter Liliane en me cachant dans le cimetière du Montparnasse.

« Quand j'apercevais Chabut, il m'arrivait de plus en plus souvent de murmurer à mi-voix :

« — Je le tuerai.

« Ce n'étaient que des mots que je prononçais machinalement. Je n'avais pas vraiment l'intention de le tuer. De loin, je le regardais vivre, si je puis dire. Je regardais sa grosse voiture rouge, son visage plein d'assurance, ses vêtements merveilleusement coupés et toujours sans un faux pli.

« Moi, je descendais rapidement la pente. Le seul complet que j'avais emporté de la rue Froidevaux était de plus en plus fripé, couvert de taches. Mon imperméable ne me protégeait pas suffisamment du froid mais je n'avais pas de quoi acheter un manteau, même chez un fripier.

« J'étais sur le quai, à une certaine distance, quand j'ai vu Liliane pénétrer dans les bureaux du quai de Charenton. Sans doute était-elle allée d'abord avenue de l'Opéra puisque c'est là que j'étais supposé travailler.

« Elle est restée longtemps. A un certain moment j'ai vu Anne-Marie venir respirer un moment dans la cour et je me suis douté de ce qui se passait.

« Je n'étais pas jaloux. C'était seulement comme

une gifle de plus. Cet homme-là se comportait comme si tout lui appartenait. J'ai grommelé une fois de plus :

« — Je le tuerai !

« Je me suis éloigné en traînant la patte. Je n'avais pas envie d'être aperçu par ma femme. »

— Quand êtes-vous allé pour la première fois rue Fortuny ?

— Vers la fin de novembre. J'étais obligé d'épargner même les tickets de métro.

Il eut un petit rire amer.

— C'est une curieuse sensation, vous savez, de n'avoir pas d'argent en poche et de savoir qu'on ne vivra jamais plus comme tout le monde. Aux Halles, on rencontre surtout des vieillards, mais il y a quelques jeunes aussi, qui ont déjà le même regard. Est-ce que j'ai ce regard-là ?

— Non.

— Je devrais, car je suis devenu comme eux. Pourtant, je continuais à penser à la gifle. Il a eu tort de me frapper. Peut-être que j'aurais oublié les mots, même les plus méprisants, les plus amoindrissants. Il m'a giflé comme si j'étais un sale gamin.

— Mercredi dernier, vous saviez, en vous rendant rue Fortuny, que ce serait la dernière fois ?

— Ça n'aurait pas été la peine de venir ici, n'est-ce pas, pour ne pas être sincère ? Je ne savais pas que je le tuerais, cela, je le jure, et vous pouvez me croire. A vous, je mentirais pas.

— Quel était votre état d'esprit ?

— Je sentais que cela ne pouvait pas continuer. J'étais arrivé à l'étage le plus bas. Un jour ou l'autre, on me ramasserait dans une rafle, ou bien je tomberais malade et on m'emmènerait à l'hôpital. Il fallait qu'il arrive quelque chose.

— Quoi, par exemple ?

— J'aurais pu lui rendre sa gifle. S'il sortait avec Anne-Marie de l'hôtel particulier, je m'avancerais vers lui...

Il secoua la tête.

— Ce n'était pas possible, car il était beaucoup plus fort que moi. J'ai attendu neuf heures. J'ai vu la lumière s'allumer dans le hall et il est sorti seul. Mon automatique était encore dans ma poche, mais cela ne m'a pris qu'un instant de l'en retirer.

« J'ai tiré sans pour ainsi dire viser, trois ou quatre fois, je ne sais plus. »

— Quatre.

— Ma première idée fut de rester sur place, d'attendre la police. J'ai eu peur d'être frappé. Je me suis mis à courir vers le métro de l'avenue de Villiers. Personne ne m'a poursuivi. Je me suis retrouvé aux Halles et je me suis embauché machinalement pour coltiner des légumes. Je n'aurais pas pu rester seul dans ma chambre.

« Voilà, monsieur le commissaire. Je crois que je vous ai tout dit. »

— Pourquoi m'avez-vous téléphoné ?

— Je ne sais pas. Je me sentais seul et je me disais que personne ne me comprendrait jamais. Dans les journaux, j'ai souvent lu des articles sur votre compte. J'aurais voulu vous connaître. J'avais plus ou moins décidé de me tirer une balle dans la tête.

« Alors, j'ai cherché un dernier contact, mais j'avais toujours peur, pas de vous, mais de vos agents. »

— Mes inspecteurs ne frappent pas.

— On le dit, pourtant.

— On dit beaucoup de choses, Pigou. Vous pouvez allumer votre cigarette. Vous avez encore peur ?

— Non. Je vous ai téléphoné une deuxième fois, puis, presque tout de suite après je vous ai écrit dans un café du boulevard du Palais. Je me sentais près de vous. J'aurais voulu vous suivre dans les rues, mais je ne pouvais pas le faire parce que vous étiez toujours en voiture. J'avais eu le même problème avec Chabut.

« Il fallait que je vous précède, que je devine d'avance où vous alliez vous rendre.

« C'est ainsi que j'étais là quand vous êtes allé quai de Charenton. Il était fatal qu'Anne-Marie vous parle. Je n'ai même pas imaginé qu'elle ne le ferait pas le premier jour.

« Il est vrai que la scène a eu lieu en juin et que pour elle c'était déjà de l'histoire ancienne.

« Je vous ai vu place des Vosges aussi. »

— Et quai des Orfèvres.

— Oui. Je me disais que ce n'était pas la peine de me cacher puisque je me ferais fatalement prendre. Car vous n'auriez pas tardé à m'arrêter, n'est-ce pas ?

— Si vous étiez resté aux Halles, vous auriez sans doute été repéré et arrêté cette nuit. A dix heures, ils avaient découvert l'hôtel du Cygne et ils vous auraient sans doute trouvé, au cours de la nuit, dans un des bistrots de la rue. Vous vous êtes mis à boire ?

— Non.

C'était rare qu'on dégringole de la sorte sans s'adonner à la boisson.

— J'ai failli entrer au quai des Orfèvres et demander à vous parler. Je me suis dit qu'on me mettrait entre les mains de n'importe quel inspecteur et que je n'aurais pas la chance de vous approcher. Alors, je suis venu boulevard Richard-Lenoir.

— Je vous ai vu.

— Moi aussi, je vous ai vu. Mon idée était de monter dans votre appartement. Vous vous découpiez dans le rectangle de la fenêtre, avec la lumière derrière vous, et, dans votre robe de chambre, vous paraissiez énorme. J'ai été pris de panique et je me suis éloigné rapidement. J'ai rôdé dans le quartier pendant des heures. Je suis passé plus de cinq fois devant chez vous alors qu'il n'y avait plus de lumière dans l'appartement.

— Vous permettez un instant ?

Il composait à nouveau le numéro du quai des Orfèvres.

— Passez-moi Lapointe, je vous prie. Allô ! Les hommes sont rentrés chez eux ? Qui est là-bas avec toi?

— Lucas est de garde. Janvier vient d'arriver.

— Vous allez venir tous les deux chez moi. Prenez une voiture.

— Ils vont m'emmener ? questionna Pigou quand Maigret raccrocha.

— C'est nécessaire.

— Je comprends, mais cela me fait quand même peur, comme d'aller chez le dentiste.

Il avait tué un homme. Il était venu de lui-même

chez Maigret mais son sentiment dominant, c'était la peur. La peur des coups, des brutalités.

C'est à peine s'il faisait encore allusion à son crime.

Maigret se rappelait le jeune Stiernet qui avait tué sa grand-mère de nombreux coups de couteau et c'est tout juste s'il n'avait pas dit :

— Je ne l'ai pas fait exprès.

Il regarda lourdement Pigou, comme s'il essayait de voir tout au fond de celui-ci. Le comptable était troublé par ce regard.

— Vous n'avez pas de questions à me poser ? demandait-il.

— Je ne crois pas. Non.

A quoi bon lui demander s'il regrettait son geste de la rue Fortuny ? Est-ce que Stiernet regrettait d'avoir frappé ?

On lui poserait sans doute la question aux assises, et s'il répondait la vérité, il y aurait des mouvements divers, voire un murmure réprobateur dans le prétoire.

Ils restèrent un long moment silencieux et Maigret vida son verre. Puis il entendit une voiture qui s'arrêtait devant la maison, une portière, puis une autre qui claquait.

Il alluma une dernière pipe, plus pour se donner une contenance que par envie de fumer. Il y avait des pas dans l'escalier. Il alla ouvrir la porte. Les deux hommes regardaient curieusement dans le salon où la lumière formait des nuages bleutés autour de la lampe et du plafonnier.

— Gilbert Pigou. Nous venons d'avoir un long entretien. Demain, nous procéderons à l'interrogatoire officiel.

Le comptable les regardait, un peu rassuré par leur comportement. Ils n'avaient pas l'air de gens qui frappent les autres.

— Vous allez l'emmener au Quai et le laisser dormir quelques heures. Je serai là vers la fin de la matinée.

Lapointe lui adressa un signe qu'il ne comprit pas tout de suite car il se sentait à bout de fatigue. C'étaient ses poignets que l'inspecteur désignait, ce qui signifiait évidemment :

— Je lui passe les menottes ?

Maigret se tourna vers Pigou.

— On ne se méfie pas de vous, murmura-t-il. On vous les retirera au quai des Orfèvres. C'est le règlement.

Sur le palier, Pigou se retourna. Il avait les larmes aux yeux. Il regardait encore une fois Maigret comme pour se donner du courage.

Mais n'était-ce pas sur lui-même qu'il s'attendrissait ?

Epalinges, le *29 septembre 1969*

OUVRAGES DE GEORGES SIMENON
AUX PRESSES DE LA CITÉ (suite)

« TRIO »

I. — La neige était sale — Le destin des Malou — Au bout du rouleau
II. — Trois chambres à Manhattan — Lettre à mon juge — Tante Jeanne
III. — Une vie comme neuve — Le temps d'Anaïs — La fuite de Monsieur Monde
IV. — Un nouveau dans la ville — Le passager clandestin — La fenêtre des Rouet
V. — Pedigree
VI. — Marie qui louche — Les fantômes du chapelier — Les quatre jours du pauvre homme
VII. — Les frères Rico — La jument perdue — Le fond de la bouteille
VIII. — L'enterrement de M. Bouvet — Le grand Bob — Antoine et Julie

PRESSES POCKET

Monsieur Gallet, décédé
Le pendu de Saint-Pholien
Le charretier de la Providence
Le chien jaune
Pietr-le-Letton
La nuit du carrefour
Un crime en Hollande
Au rendez-vous des Terre-Neuvas
La tête d'un homme
La danseuse du gai moulin
Le relais d'Alsace
La guinguette à deux sous
L'ombre chinoise
Chez les Flamands
L'affaire Saint-Fiacre
Maigret
Le fou de Bergerac
Le port des brumes
Le passager du « Polarlys »
Liberty Bar
Les 13 coupables
Les 13 énigmes
Les 13 mystères
Les fiançailles de M. Hire
Le coup de lune
La maison du canal
L'écluse n° 1
Les gens d'en face
L'âne rouge
Le haut mal
L'homme de Londres

A LA N.R.F.

Les Pitard
L'homme qui regardait passer les trains
Le bourgmestre de Furnes
Le petit docteur
Maigret revient
La vérité sur Bébé Donge
Les dossiers de l'Agence O
Le bateau d'Émile
Signé Picpus
Les nouvelles enquêtes de Maigret
Les sept minutes
Le cercle des Mahé
Le bilan Malétras

ÉDITION COLLECTIVE SOUS COUVERTURE VERTE

I. — La veuve Couderc — Les demoiselles de Concarneau — Le coup de vague — Le fils Cardinaud
II. — L'Outlaw — Cour d'assises — Il pleut, bergère... — Bergelon
III. — Les clients d'Avrenos — Quartier nègre — 45° à l'ombre
IV. — Le voyageur de la Toussaint — L'assassin — Malempin
V. — Long cours — L'évadé
VI. — Chez Krull — Le suspect — Faubourg
VII. — L'aîné des Ferchaux — Les trois crimes de mes amis
VIII. — Le blanc à lunettes — La maison des sept jeunes filles — Oncle Charles s'est enfermé
IX. — Ceux de la soif — Le cheval blanc — Les inconnus dans la maison
X. — Les noces de Poitiers — Le rapport du gendarme G. 7
XI. — Chemin sans issue — Les rescapés du « Télémaque » — Touristes de bananes
XII. — Les sœurs Lacroix — La mauvaise étoile — Les suicidés
XIII. — Le locataire — Monsieur La Souris — La Marie du Port
XIV. — Le testament Donadieu — Le châle de Marie Dudon — Le clan des Ostendais

MÉMOIRES

Lettre à ma mère
Un homme comme un autre
Des traces de pas
Les petits hommes
Vent du nord vent du sud
Un banc au soleil
De la cave au grenier
A l'abri de notre arbre
Tant que je suis vivant
Vacances obligatoires
La main dans la main
Au-delà de ma porte-fenêtre
Je suis resté un enfant de chœur
A quoi bon jurer ?
Point-virgule
Le prix d'un homme
On dit que j'ai soixante-quinze ans
Quand vient le froid
Les libertés qu'il nous reste
La Femme endormie
Jour et nuit
Destinées
Quand j'étais vieux
Mémoires intimes

Achevé d'imprimer en janvier 1986
sur les presses de l'Imprimerie Bussière
à Saint-Amand (Cher)

— N° d'édit. 2909. — N° d'imp. 3085. —
Dépôt légal : 2e trimestre 1971.

Imprimé en France